天才王子の赤字国家再生術
8
そうだ、売国しよう

（……そっと、そっと

ニニムはウェインの胸元に顔を寄せて、
さながら子犬が主人に甘えるように、
頬をこすりつけた。

選聖侯
アガタ
ウェイン
陰謀の舞台が幕開く!
選聖侯
ミロスラフ
選聖侯
ティグリス
スキレー

聖王
シルヴェリオ
カルドメリア
集結する西の怪物
選聖侯
シュテイル
選聖侯
グリュエール

各国の有力者たちが集うパーティで、
フラーニャがコジモ市長に紹介された
のは、日に焼けた肌の青年だった。

「お初にお目にかかります、フラーニャ王女」
パトゥーラ首長
フェリテ

CONTENTS

Prince of genius rise worst kingdom

YES,treason it will do

天才王子の赤字国家再生術 8
～そうだ、売国しよう～

鳥羽徹

GA文庫

大陸西側勢力図

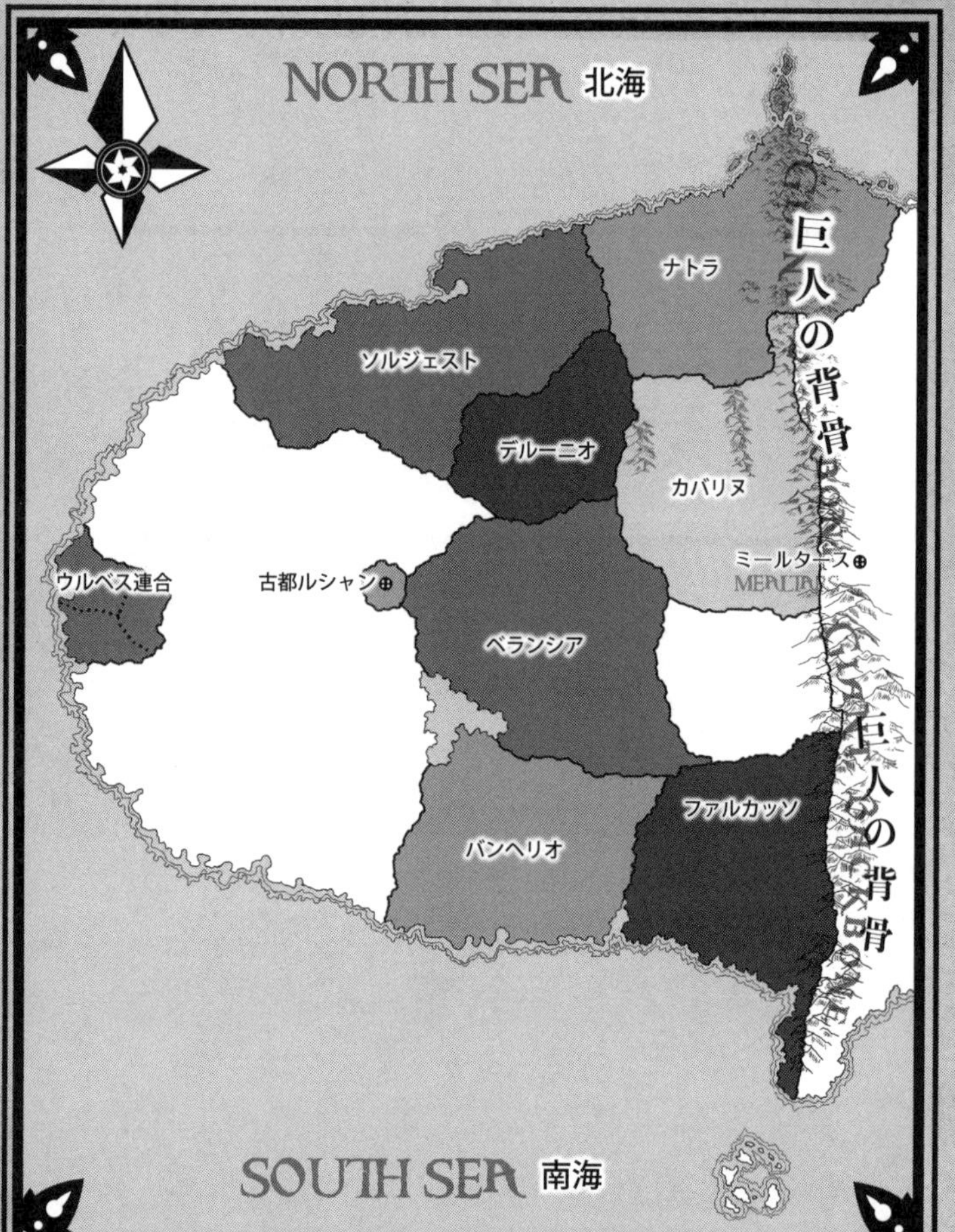
NORTH SEA 北海
巨人の背骨
ナトラ
ソルジェスト
デルーニオ
カバリヌ
ミールタース
ウルベス連合
古都ルシャン
ベランシア
巨人の背骨
ファルカッソ
バンヘリオ
SOUTH SEA 南海

登場人物紹介

ウェイン

大陸最北の国、ナトラ王国で摂政を務める王太子。持ち前の才気で数々の国難を切り抜けた実績を持つ。

仁君として名を馳せるも、本人は自堕落で怠けたがりという、性根と顔面以外の全てに優れた男。

フラーニャ

ウェインの妹にあたるナトラ王国王女。兄のことを慕い、兄の助けになれるよう日々努力中。

ナナキ

フラーニャの護衛。ニニムと同じくフラム人出身。

グリュエール

ソルジェスト王国国王。器も体も巨大。戦上手として知られる。

ミロスラフ

ファルカッソ王国王子。帝国の躍進を危険視する。

シュテイル

バンヘリオ王国公爵。独特な感性を持ち、カルドメリアと近しい。

スキレー

カバリヌ王国国王。父王の死による混乱を抑えて最近即位した。

ニニム

公私にわたってウェインを支える補佐官にして幼馴染、そして心臓。
でももう少し無茶を抑えてくれないかなとちょっと思ってる。
大陸西部にて被差別人種であるフラム人出身。

ロウェルミナ

アースワルド帝国第二皇女。帝位を巡って皇子達と政争を繰り広げる。
ウェインの悪友にして好敵手。

シリジス

フラーニャが登用した家臣。元デルーニオ王国宰相。

ティグリス

ベランシア王国王弟。聖王の座を狙う野心家。

アガタ

ウルベス連合代表。選聖侯だがレベティア教とは距離を置いている。

シルヴェリオ

現聖王。カルドメリアの傀儡とも噂される。

カルドメリア

レベティア教福音局局長。破滅的な思想を持つ危険人物。

第一章　そうだ、国際会議にリトライしよう

ヴーノ大陸最北の地にあるナトラ王国といえば、元来移民の国である。

東西の境目に位置し、その厳しい気候から人目につかず、どこにも居場所のない者達がどこからともなく流れ着いて、肩を寄せ合ってひっそり暮らす……そんな国だ。

昨今《さっこん》は王太子ウェインの活躍により、幾分明るい光が差し込むようになったものの、国民の大半が余所《よそ》から移ってきた者達であることに変わりはない。

そしてそんな移民達の中で、最も有名なのが、赤い瞳《ひとみ》と白い髪が特徴のフラム人だ。

その外見と歴史的経緯から、大陸西部の諸国では被差別人種として扱われ、能力主義を掲げる東の帝国においても偏見の目に晒《さら》されている不遇の人種である。

しかしここ、ナトラにおいて彼らの扱いは違う。

百年ほど前、ラーレイというフラム人がいた。フラム人の一団を率いて放浪していた彼は、持ちうる全《すべ》ての知と才を当時のナトラ王に差し出し、一団の庇護《ひご》を求めた。

ナトラ王はそれを快諾《かいだく》し、フラム人の一団を受け入れた。無論、王が認めれば民もすぐさま認めるわけではなく、多くの衝突もあったとされる。それでも彼らは挫《くじ》けず融和の道を辿《たど》り——

百年後の今、ナトラにフラム人が暮らしていることは、当たり前の景色となっていた。

それは紛《まぎ》れもなく得がたい光景だ。ラーレイより始まり、多くのフラム人の献身によって成し遂げられた偉業だ。

しかし、だからこそ忘れてはならない。

当たり前であることに秘められた、大いなる価値に——

◆◇◆

「今こそ動く時です！」

そこはとある屋敷の一室だった。

窓から覗《のぞ》く夜空は冷たく、星明かりは僅《わず》か。いかにも冬の近い、秋の夜空だ。

そんな外の空気に反して、室内には熱気が籠《こ》もっている。部屋の中に居並ぶ人々の熱意が、そのまま空気に伝播《でんぱ》しているのだ。

「王太子殿下のご活躍によって、ナトラ王国は躍進のただ中にあります。しかしその一方で、拡大する国を支える人材の確保が間に合わず、随所で不足しているのが現状です。その空白を我らフラム人が席巻《せっけん》するのに、これ以上の機会はありません！」

余人がその部屋を覗き見れば、ギョッとしたことだろう。部屋の中には若い青年から老婆まで老若男女が揃《そろ》っているが、その全員が白い髪と赤い瞳を湛《たた》えているからだ。

ナトラ王国に住むフラム人達の代表集会。それがこの集まりだった。

「百年続いた雌伏の時がようやく終わったのです！　フラム人の誇りを取り戻すため、ナトラにおける我らの地位をより高めるべきでしょう！」

先ほどから熱弁を振るうのはフラム人の青年だ。外見同様に若さが溢《あふ》れる弁舌だが、同じ若者のみならず、参加者達の多くが真剣に耳を傾けている。

「ここで各所の空白に人を配置できれば、確かにフラム人の発言力は高まるであろうな」

「しかしただでさえ我らは目立つ。あまり派手に動けば衝突も生まれよう」

「ならばそれを押し潰《つぶ》せるほどの力を得れば良い。今はそれができうる状況だ」

「うむ。王太子殿下が国を率いるようになってから、ナトラの価値は飛躍的に高まっている。仕官を望む者も日に日に増えるばかりだ。今空いている要職《ポスト》もすぐさま埋まっていくだろう。指をくわえてそれを眺めているわけにはいかぬ」

議論の流れは概《おおむ》ね青年の主張を肯定するものだ。

ナトラが拡大するほどに、国外からやってくる人材も増えてくる。問題は彼らの多くがフラム人に対する偏見を持っていることだ。

これが一人や二人ならば、ナトラの慣習に従って自らを変えようとするだろう。しかし数十人、あるいは数百人とやってきたら。ましてそんな彼らがナトラの要職に就いてしまったら、どうなるだろうか。

フラム人と距離を取るならば良心的。むしろ被差別人種であり、ナトラで重用されているフラム人を目障《めざわ》りに思い、排除に走るという方が現実的に有り得ることだろう。

だからこそナトラの拡大に伴って、我らの勢力も広げなくてはいけない。程度の差こそあれど、みなそう思っているのだ。

だが、そんな議論を冷めた目で見つめる影もある。

「――お二人はいかが思われる？」

話を振られた先に座るのは、一組の男女。壮年の男と、まだ年若い少女だ。

男の名はレヴァン。少女の名はニニムである。

二人もまたフラム人だが、周囲は彼らを特別恭《うやうや》しく扱っている。それもそのはず、レヴァンはフラム人達の族長にして、ナトラ国王オーウェンの補佐官。ニニムは次期族長であり、王太子ウェインの補佐官。すなわち彼らはナトラにおけるフラム人の最高位とも言える立場なのだ。

「……今が機であることに異論はない」

部屋に居る全員の視線を浴びながら、レヴァンは口を開いた。

「しかし、以前国内の反乱分子の粛清をした後、空いた要職の多くに我らフラム人が就いたことを忘れてはならん。我らを面白《おもしろ》く思わない者も少なくあるまい。これ以上の拡大を望むのであれば、慎重に慎重を期す必要がある」

レヴァンの厳粛な声音《こわね》には、それだけで人の心を落ち着かせる響きがあった。普段ならばこれだけで、多少なりとも皆を冷静にさせられるものだが――

「レヴァン様ともあろう方が、いささか消極的すぎるのではありませんか？」

「然《しか》り。まして粛清の際の要職は、その大半が一時的な代行という扱いでしょう。何か理由をつけていつでも取り上げられるものです」

「おお、それこそお二人には陛下と殿下に進言して頂きたいところですな。フラム人が代行して就いている要職について、正式に任命されるようにと」

白熱した参加者の勢いは、レヴァンの声であっても押し止《とど》められない。

レヴァンが小さく唸《うな》ったところで、その横合いからニニムが口を開いた。

「……何か誤解があるようですが」

ニニムの声はレヴァンのそれよりも若く、しかしずっと冷たい響きが込められていた。

「確かに私やレヴァン様は、王族の補佐官という要職を任されています。しかしその役割は王家を支え、国を導く一助となること。……一部族を贔屓《ひいき》することではありません」

この一刀両断に、横にいたレヴァンは困ったような顔になり、聞いていた他の参加者達は一様に声を荒らげた。

「ニニム様、そのようなことでは困ります！」

「貴女には全てのフラム人の期待がかかっているのですぞ！」

「王太子殿下に最も近しいニニム様にそのような態度を取られては、他の者にも示しがつきませぬ！」

喧々囂々《けんけんごうごう》となる室内。参加者達は昂《たか》ぶった気持ちを言葉に乗せてニニムにぶつけ、ニニムはそれを冷たい眼差《まなざ》しでジッと受け止める。机《つくえ》の下で固く握られる少女の拳《こぶし》に気づくのは、隣にいるレヴァンのみ。

そんな構図がしばし続き、参加者達が息切れし始めた時のことだ。

「……とはいえ、だ」

しわがれた声が、切り込むように室内に響いた。

皆の視線が注《そそ》がれるのは、それまで黙って議論を聞いていた老婆だ。年齢から一線こそ退いているものの、この集まりのご意見番的な立ち位置の人物である。

「ナトラの要職を担《にな》うというたが、今の我らにそれだけの人材がどれほど残っておる？」

問いかけと共に、老婆は居並ぶ面々をぐるりと見回す。老いてなおその眼差しは力強く、思わず息を呑《の》むような凄《すご》みがあった。

「皆も気づいておろう。有用な者は概《おおむ》ね何かしらの職分についておる。さりとて使えぬ者を無理に置けば、我らを敵視する者にとって付け入る隙《すき》となりえるぞ」

「は、いえ、お婆様《ばばさま》、確かにそうかもしれませんが……」

「探せばまだいるかもしれません。居なければ、若く有望な者達に急ぎ教育を」

「その目星はついているのかの？」

「…………」

参加者全員がばつが悪そうに黙り込んだ。

その隙をレヴァンは見逃さない。

「次の会合までに、見込みのある者達を各々探しておくことにしよう。どのような方針を立てるにせよ、手札がなくては動けんからな。……今日のところは、ここまでだ」

レヴァンの言葉により、この日の会合は解散となった。

◆◇◆

「……さて」

皆が去った後の会議室にて、レヴァンは小さく嘆息する。

「予想していたとはいえ、難しい状況になってきたものだ……」

腕を組んで考え込んでいると、ガン、という音がした。

レヴァンが視線を向けると、そこには部屋に残っていたニニムの姿があった。

そしてレヴァンが見つめる中、彼女は傍《そば》にあった椅子《いす》を蹴《け》った。さらに蹴った。もう一度蹴って、最後に思い切り蹴飛《けと》ばした。

「……はしたないぞ、ニニム」

たしなめるも、ニニムは答えない。不機嫌そうな顔のまま黙りこくっている。

レヴァンはもう一度嘆息した。本当に、難しい状況だ。

「そんなに気に入らないか、彼らの主張が」

「気に入りません」

ニニムの言葉は短く、それだけに深い拒絶を感じさせた。

「……ナトラでこそ平穏に暮らしていられるが、諸外国でのフラム人の扱いを聞けば、危機感が消えることはない。盤石であろうとする彼らの気持ちは解《わか》るだろう」

レヴァンは言う。

「何も武力行使に走ろうというわけではないのだ。これまでと同じく有力者に取り入り、政治経済の要職に就き、同胞を守るための確かな権威と力を手にし――」

「あわよくば独立して、フラム人の王国を、ですか？」

ニニムの言葉が槍《やり》のように突き刺さった。

「馬鹿馬鹿《ばかばか》しい、一度国も神も奪われておきながら、まだ学ばないなんて」

「ニニム」

「他人の善意だけを信じろと主張するほど、私もお花畑ではありません。フラム人を追い落とそうとする者達は確かに存在し、彼らの悪意を撥《は》ねのけるためには、ナトラにおいてフラム人が有用であることを証明し続ける必要があるでしょう」

しかし、とニニムは吐き捨てる。

「気づいていないとは言わせませんよ。彼らの主張、その根底には乱世とナトラを利用して、フラム人の国を作ろうという思いがあることに」

「…………」

レヴァンは深く瞑目《めいもく》した。その口から否定《ひてい》の言葉が出ることはない。ニニムの言う通り、会議の参加者達の間にそういった思惑があると、彼もまた察していたからだ。

「夢だ、ニニム。現実的に可能であると考えている者は、本当に一握りだろう。大半はそうなればいいという、淡《あわ》い夢を抱いているにすぎない」

「そんな束《つか》の間の慰《なぐさ》めのために、百年かけた融和を台無しに？　民族の独立、なるほど現状に不満を抱いている者達にとって魅力的な響きでしょう。でも、その後は？　私達はお前達と違うと大陸全土に宣言し、ちっぽけな自尊心を満たして、そこから栄華の日々が始まると？　そんなわけがありません。武力も資金も人材も乏しい一民族が、どうして大陸全土を相手にして国を保つことができますか」

ニニムは吐き捨てるように言った。

「身の程知らずな夢を抱いたフラム人は、他の国や部族によって蹂躙《じゅうりん》され、ナトラはフラム人が歩いていても気にされない国から、灰被《かぶ》りは自分の国に帰れと石を投げられる場所に逆戻り――そんな結果がオチでしょう。冗談ではありません」

ニニムはレヴァンを睨《にら》み付《つ》ける。

「私達は特異な外見を持っている。我々は余人にとって不自然であり、自然なものとして人々の心の余白に受け入れてもらうために、我々は良き隣人として価値を証明し続ける必要がある……私にそう教えてくださったのは、他ならぬレヴァン様のはずです」

「……ああ、そうだな、その通りだ」

レヴァンは悩まし気に息を吐く。

ニニムの言葉は正しい。どこまでも正しいのだ。そのことをレヴァンは知っている。普段ならばあの程度の口論、そつなく躱《かわ》す余裕を持つニニムが、どうしてあれほど頑《かたく》なに否定したのかも。

「しかしニニム、たとえそうだとしても、せめて皆の前ではもう少し取り繕うべきだ。会議でも言われただろう。皆が期待しているのだ。お前にはそれだけの理由が――」

「私が仕えるのは」

ニニムは瞳に怒りさえ灯《とも》して言った。

「民族でも、民族の夢でもありません。ナトラ王国王太子、ウェイン・サレマ・アルバレストただ一人です」

それだけ言うと、ニニムはおもむろに席を立った。

ニニム、とレヴァンは背中に呼びかけるも、その声が彼女の歩みを止めることはなく、ニニムの背中はすぐに扉の向こう側へ消えていった。

「……どうしたものか」

深く椅子に腰掛け、一人になったレヴァンは天を仰《あお》いだ。

その時、不意に部屋の出入り口に人気を感じた。つい、と視線を向けると、そこには小柄な人影——先の会議において皆を諌《いさ》めた老婆の姿があった。

「お婆様、まだお帰りになっていませんでしたか」

「寄る年波には勝てのうてな、少し休んでおったのよ。……しかし、お主の方こそ随分とお疲れのようじゃな」

レヴァンは肩をすくめた。

「できれば代わって頂きたいところですよ」

「いやいや、お主ほど立派な族長は他にはおらんよ。儂《わし》にはとても務まらん」

「本音のところは？」

「あの生意気だった洟《はな》垂れ小僧が、族長となって苦悶《くもん》の表情を浮かべる様を見るのは、いやはや愉快じゃの。まだまだ死ねぬわ」

「……このクソババア」

「口は災いの元じゃぞ、洟垂れ小僧」

老婆は笑いながら部屋の窓際へと歩み寄る。

「それで、実際のところはどうじゃ、レヴァン。我らは更なる躍進を遂げるかの?」

「難しいでしょう。皆にはああ言ったものの、見込みのありそうなフラム人はもうほとんど残っていません。いかんせんナトラの拡大が急過ぎました」

「独立の夢は叶《かな》わぬか」

「資金も物資も人員も、何より具体的な計画すらもない夢想ですので。じきに皆も夢から覚め、一時の慰みにすぎなかったと割り切るかと」

「そうじゃな、気の迷いで終われば十分よ」

その時、窓の外を見つめていた老婆の瞳に、館から出て行くニニムの背中が映る。

「……レヴァンよ、あれについて若い衆《し》には伝えておらぬな?」

「はい、伏せております。代替わりが迫ればその時に……と以前は考えていましたが、今の彼らの様子では、暴走を加速させるだけでしょう」

「うむ……」

老婆は神妙な面持ちで言った。

「……知られるわけにはいかぬ。ラーレイの本懐が、フラム人の繁栄とは別にあることを。そしてラーレイとその一団が、命を賭《と》して守護してきたものを」

独白じみた呟《つぶや》きを口にしながら、文字通り孫ほどの年齢の少女を見つめる老婆の眼差しには、深い慈愛と敬意が浮かんでいた。

◆◇◆

フラーニャの家庭教師であるクラディオスが書庫に入ると、そこには予想外の先客がいた。

「殿下、どうしてこのようなところに」

「ん？　……ああ、クラディオスか」

整然と並ぶ本棚と、窓から差し込む薄明かりの中に浮かび上がるのは、書籍を手にする少年。ナトラ王国王太子、ウェイン・サレマ・アルバレストである。

「どうしても何も、ここに来る用事など一つだけだろう」

ウェインは持っていた書籍を手に小さく笑う。書庫なのだから本を読みにきたに決まっている。言われてみれば確かにその通りだが、ウェインに限っては立場というものがある。

「官吏に申しつければ、ご所望《しょもう》の本が執務室に運ばれるでしょうに」

「そう言うな。本を求めて自分の足で書庫へ向かうのも趣《おもむき》があるものだ」

「……なるほど、そう言われれば理解できますな」

クラディオスも若かりし頃、住んでいた都市の図書館に心を躍らせながら通ったものだ。

「それよりクラディオス、お前も本を探しに来たんだろう?」

「はっ。仰《おっしゃ》る通りです。フラーニャ殿下の授業で使うものを探しに参りました」

「ほう、最近のフラーニャは熱心に学習していると聞くが、今どの辺りだ?」

「大陸西側の歴史について」

クラディオスは言った。丁度この件でウェインと話し合う理由が彼にはあった。

「……遠からず、フラム人の国についても触れることになるでしょう」

「あそこか……」

ウェインは悩ましげに呻《うめ》いた。

かつて、西側で隆盛を誇ったフラム人の王国。

しかしその興亡について知っている者は、市井《しせい》にほとんど存在しない。

当時の記録を残しているのは、西側諸国の王家と当のフラム人の一族くらいなものだろう。

ゆえに最も子細な記録を保有しているのは、西側王家の系譜を持ち、フラム人の一団より記録を譲渡されたナトラ王家に他ならない。

「いかがされますか?　ナトラの慣例に従うのならば、王家の者がかの歴史を学ぶ時には、同じく王家の血を引く者が直々に教えることになっていますが」

ウェインは数秒ほど考えて、

「……そうだな、本来は父上の役目だが、私がやろう」

「ではその際にはご連絡いたします」

クラディオスは恭《うやうや》しく一礼した。

それからクラディオスは、フラーニャの授業で使う資料を探しながら、ウェインと他愛《たあい》の無い言葉を交わした。ナトラを牽引《けんいん》する王太子と世間話など、普通の官吏ならば恐れ多いとひれ伏すところだ。しかしクラディオスは、むしろ彼が家臣との雑談を好むことを知っていた。

(正確には、殿下というよりも、ナトラ王家の方針か)

北の小国のナトラにとって、国内の団結はとにかく大事だった。外憂に対して一致団結できなくては、こんな小国など簡単に吹き飛んでしまうからだ。

それゆえ代々の王族は、とにかく人と会うことを好んだという。他者の人となりを知り、自らの人となりを伝えるには、直《じか》に見て聞いて話すに限ることを理解していたからだ。

(どのような人物か確かめながら、自らの持つ器量でその人を魅了する。……これを人誑《たら》しの気質と表現するのは、さすがに不敬か)

もっとも、ウェインならば構わないと笑いそうだが。この若き王太子は、いくつかの例外と最低限の礼儀さえ弁《わきま》えていれば、大半のことは笑って許す度量がある。

(その礼儀でさえも、周りに示しをつけるためで、殿下自身は自らの地位や威光に何ら頓着《とんちゃく》していない節がおありだ。このような御方は、いかにナトラ王族といえど希有《けう》であろうな)

ウェインが幼き頃、家庭教師を務めたこともあったが、やはり当時から彼は突出していた。

優秀なのはもちろんだが、思考、価値観、物事の捉《とら》え方が異様だった。底知れないと戦慄《せんりつ》したことは一度や二度ではない。

（……先のシリジスの件もそうだ。当たり前のようにフラーニャ殿下へ臣従することを許されたが、果たしてどう考えておられるのか）

デルーニオ王国元宰相シリジス。ウェインの策略によって失脚し、故国を追われたかの男はつい先日、ナトラに来訪した。王女フラーニャに招かれてのことである。そして彼女との会談の後、シリジスはフラーニャの臣下となった。

これに当然、宮廷は大いに揺れた。昨今、フラーニャ王女が兄ウェインを助けるため、勉学に励《はげ》んでいることは宮廷の誰《だれ》もが知るところ。しかしこれまで彼女の傍にいたのは、フラム人のナナキと、身の回りの世話をする女官が幾人かのみ。ゆえに、彼女の政務を補佐する人員の選出も密《ひそ》かに進んでいたのだが——それらをすっ飛ばして、いきなり他国の元宰相が転がり込んだのだから、混乱も当然である。

かくいうクラディオスも驚きを得た一人だ。そもそもフラーニャにシリジスが隠遁《いんとん》している場所を伝えたのはクラディオスなのだが、まさか本当に説き伏せて配下にできるとは彼も予想していなかった。兄と同じくフラーニャもやはりナトラの王族なのだと唸らされる。

しかし驚いてばかりもいられない。ウェインほどではないにせよ、フラーニャも功績を上げつつある。そこに加えてウェインに隔意《かくい》を持っているであろう人間の登用。このままフラーニャの周りに人が増えれば、その先にあるのは派閥争いではないか――そう懸念《けねん》する家臣もチラホラ出てきている。

彼らからすれば、いっそウェインがシリジスの登用にダメ出しをしてくれれば、と期待したところだろう。ウェインとフラーニャの兄弟仲が良好なのは周知の事実であり、兄に止められればフラーニャ殿下は頷《うなず》かざるを得ないはず、というわけだ。

（だが、ウェイン殿下は止めなかった。兄弟仲が良すぎるがゆえに、妹を諫めることができなかったと考える者もいるが……）

妹を溺愛《できあい》するあまり歯止めをかけられない。果たしてウェイン王子はそんな柔《やわ》な人間だろうか。どんなに優しくても、氷のように冷たい側面を持つのがかの王子ではないだろうか。

だからこそ、思うのだ。フラーニャ派閥の拡大や、シリジスによる奸計《かんけい》を御せる自信があるのは確かだろう。しかしそれとは別に、余人には想像し得ない真の狙《ねら》いが王子にはあるのではないか、と。

「…………」

ふっと、窓から差し込む日が陰った。

明かりの中にいたウェインの顔が、暗い影に呑み込《こ》まれる。その貌《かお》はまるで、彼の秘めたる深淵《しんえん》が垣間見《かいまみ》えたかのようで。

「どうした？　クラディオス」

「……いえ、失礼いたしました。少し疲労が出たようです」

クラディオスは頭を振る。全ては一瞬のこと。瞬きの後のウェインの顔は、先ほどまでと同じく穏やかなものだった。

「もうじき私とフラーニャは外国に使節として向かうことになる。フラーニャに心配させないためにも、養生してくれ」

「はっ……そういえば、両殿下は選聖会議に出席されるのでしたな」

「正しくは私が選聖会議に。フラーニャはそこで並行して行われる有力者達の集まりにだな」

選聖会議。大陸西部にて主要な宗教であるレベティア教の最高会議のことだ。

選聖侯と呼ばれる重鎮達が一堂に集まり、レベティア教にまつわる様々な議題について話し合うとされている。毎年春に開催されるのが通例だが、今年は選聖侯達の予定が合わず、こんな秋も暮れた頃に開催の運びとなった。

「前回招待された時は、選聖侯全員と話す機会がなかったから、今度こそだ。家臣達とも話し合ったが、やはり西側との繋《つな》がりは捨てがたい」

クラディオスは首肯《しゅこう》して同意する。ここ数年でナトラは飛躍したが、東に帝国、西に西側諸国と挟まれる中、片方を切り捨てるにはあまりにも時期尚早だ。

「となれば、前回の時のようなトラブルは避けねばなりませんな」

「うぐっ」

ウェインはばつが悪そうな顔になる。こういうところを切り取ると、年相応の少年だ。

前回、隣国カバリヌに招待された折、紆余曲折《うよきょくせつ》の末にウェインはカバリヌの首都より逃亡し、カバリヌ軍と戦うことになってしまった。事情があったとはいえ、模範的な行動とかけ離れていることは間違いない。

「ま、まあ大丈夫だ。あんな出来事はそう起こらないだろう」

と、ウェインは無理して笑顔を浮かべるが、

「私もそう思いたいところですが、殿下が摂政に就かれてからというもの、なかなか平穏無事な日々が送れていないのも事実ですので」

「…………」

クラディオスの言う通り、ざっと振り返ってみるだけでもトラブル続きである。

ウェインは深い沈黙を挟んだ後、決意を込めて言った。

「今回も駄目そうなら、教会に行って祈りでも捧《ささ》げるとしよう」

「……はっ」


かくしてナトラ王国王太子ウェインは、摂政に就任して三年目の秋、王女フラーニャと共に二度目の選聖会議へと出席することになる。

なお後世の一部史料には、この選聖会議から帰国した王太子が、教会にて聖別された水を頭から引《ひ》っ被《かぶ》ったという記述がされているが、真偽の程は定かでは無い。

第二章　魑《ち》魅《み》魍《もう》魎《りょう》との悪巧み

アースワルド帝国、帝都グランツラール。

その皇宮の一室に、一人の少女がいた。

名をロウェルミナ・アースワルド。アースワルド帝国の第二皇女である。

少し前、第一皇子ディメトリオが皇帝即位を強行しようとし、第二皇子、第三皇子、そしてロウェルミナを巻き込んで内乱騒ぎを起こしたことは、大陸中の人々が知るところだ。

その騒ぎの中、見事勝利をもぎ取ったとされるのが、何を隠そうロウェルミナである。

軍を率いる第二、第三皇子を退け、即位を目前にした第一皇子を失脚させた。そして即位に必要な儀式を行うことで、自らが次期皇帝に相応《ふさわ》しいと、大々的に宣言してみせたのだ。

まさに現代に産まれた女傑。反発を避けるために即位こそ強行しなかったものの、今や大陸全土が彼女の一挙手一投足に注目しているといっても過言ではない。

そしてそんな誰《だれ》もが認める傑物が、皇宮で何をしているのかといえば、

「スーパーゲロいです……」

死にそうな顔をしながら、大量の書類と向き合っていた。

「殿下、人目がないとはいえあまり気を抜きすぎませぬように」

横から苦言を呈《てい》するのは部下のフィシュだ。机に半分突っ伏しながら、うめき声を上げて書類を処理していく様は、皇女としての威厳のいの字すら無い。

「気を抜くなってなんですか！　私はこれでも全力ですよ！　全力でゲロいんです！」

「せめてもう少しお言葉遣いをですね」

「激しくおゲロいですわ！」

「殿下……」

フィシュは失意に満ちた眼差《まなざ》しを向けた。

ロウェルミナは子供じみた様子で唇を尖《とが》らせた。

「だって仕方ないじゃないですか！　あの宣言からなんかもう、ずっと大変なんですよ！」

「仰《おっしゃ》ることは解《わか》りますが……」

かねてよりロウェルミナは帝国の未来を憂う憂国派閥を率いていた。そこに加え、三人の兄を負かし、失脚した長兄ディメトリオの派閥を吸収することで、派閥の力は大いに増した。

それでいて残る二人の兄達は、敗戦によって派閥は弱体化、さらに求心力も低下している。世間的に見れば、風はロウェルミナに吹いているといって過言ではない。

——が、

「派閥崩壊しそうでマジやばたにえんです……」

フタを開けてみれば、ロウェルミナはかなりピンチだった。

そもそも憂国派閥というのは、皇位継承戦で帝国が荒れるのを憂い、それを回避するために尽力するという名目の集まりだ。だというのにその代表たるロウェルミナが、根回しもせずに――これは第一皇子の仕業《しわざ》だが――皇位継承戦に参戦を宣言したのである。「なんか話ちがくない？」と派閥の人間が思うのも無理からぬところだ。

さらに吸収した第一皇子派閥の者達も、本心からロウェルミナに忠誠を誓っているわけではない。第一皇子に促されたことと、それまで鎬《しのぎ》を削ってきた上に落ち目となった第二、第三皇子派閥に入りにくい、という消極的理由から派閥に属しただけであり、むしろ第一皇子失脚の原因たる彼女に対して「しくじって潰《つぶ》れればいいのになー」と考える者も少なくないだろう。

そしてトドメとばかりに、これを機に派閥に接近してくる連中だ。彼らもまた元第一皇子派閥の連中と同じく、ロウェルミナへの忠誠心など持っていないが、それ自体は目くじらを立てることではない。

問題は、彼らの多くがロウェルミナの夫という地位を狙《ねら》っていることである。独身で見目麗《うるわ》しく次期皇帝の可能性を持つ彼女の伴侶となれば、その価値は計り知れない。それゆえ夫の座を巡って、熾烈《しれつ》な蹴落《け》とし合戦が派閥内に生じているのだ。

ただでさえ軋轢《あつれき》が生まれているところに、女の奪い合いまで発生したのでは、さすがのロウェルミナとてたまったものではない。おかげでここしばらく、彼女の口からうめき声が途絶えたことがなかった。

「結局のところ、舐《な》められてるんですよね、私が」

憂国派閥からは、帝国の混乱を助長するだけだと思われて。

元第一皇子派閥からは、幸運で第一皇子を失脚させたのだと侮《あなど》られて。

夫の地位を狙う連中からは、どうせ女に皇帝など務まらないと高を括《くく》られて。

どうにかしなくてはならない。ロウェルミナという人間に傅《かしず》く価値があると、派閥の皆に思わせなくてはならない。

なお、今のところどうにかするアテは無かった。

「スーパーゲロいです……」

なので、こうなっているわけである。

負けたがゆえ派閥を纏《まと》めるのに奔走する第二、第三皇子と、勝ったために派閥を纏めるのに苦心するロウェルミナ。勝敗は違えどやっていることは同じという、奇妙な話であった。

「フィシュ〜、何か面白《おもしろ》い話とかありません？」

苦《くる》し紛《まぎ》れに話を振るが、フィシュは渋面を浮かべる。

「恐れながら殿下、私が殿下に付きっきりなことを思えば、殿下の見聞きしたことがすなわち私の見聞きしたことと存じますが」

「そういう正論は要らないんですよ！　捏造《ねつぞう》でも何でも良いから気分が晴れる面白トークが聞

きたいんです！」

「……それでは一つ、主君の多忙に付き合わされて職場に泊まり込みすぎた挙げ句、自宅への帰り道が解らなくなった従者という笑い話を」

「……今度休暇出しますからちょっとその話は封印しときましょう！　ね⁉」

「あら、そう焦《あせ》らずとも、ただの作り話でしたのに」

微笑《ほほえ》むフィシュの顔にはただならぬ凄《すご》みがあった。この件は二度と触れまいとロウェルミナは固く誓った。

「そうだ、面白いというわけではありませんが、殿下がご執心のウェイン王子が、そろそろ選聖会議に出発している頃ですね」

「む、もうそんな時期でしたか」

現状、世間でナトラ王国は帝国の同盟相手であり、ロウェルミナ派閥と認識されている。しかしあくまでも表向きの話だ。ナトラと帝国、ひいてはウェインとロウェルミナの関係は、ちょっとした情勢の変化で如何様《いかよう》にも変化しうる危険性を孕《はら》んでいる。

この選聖会議もそうだ。帝国に対しては西側諸国を牽制《けんせい》するためなどと言い訳を並べていたが、ウェインのことだ、何かしら西側諸国と有利な関係を築くつもりだろう。

フィシュは難しそうな顔になる。

「場合によっては、ナトラが西側につく可能性も存在するでしょうか？」

「可能性だけならあるでしょう。ですがそう安易に帝国を切るというのは現実的ではありませんね。よほどのことが無ければ現状維持を望むかと」

「ですが、それが西側諸国の望みと合致するとは限らないわけですね」

「そういうことです」

ロウェルミナは微笑んだ。

「西の怪物達相手にどう立ち回るか、ウェインのお手並み拝見ですね」

◆◇◆

重苦しい夢を見る。

暗い泥沼の中を進む夢を。

一歩進む度に、足に纏わり付く泥は重さを増していく。

辛《つら》くて、苦しくて、涙が出そうになって、けれど足は止まらない。纏わり付く泥に引きずられるようにして、少しずつ深みへと進み続ける。

その先に何があるのか。それすらも解らないまま——

「――――っ」

不意に、ニニムは目が覚めた。

覚めた瞬間に、しまった、と彼女は悔恨する。

そこは馬車の中だ。ウェインが選聖会議に出席することになり、その使節団にニニムも同行することになった。そして今、こうして髪を黒く染め、ウェインのいる馬車に従者兼護衛として同乗していたのだが――いつの間にか眠ってしまっていたのだ。

原因は窓から差し込むのどかな陽気と、小刻みなこの馬車の揺れだろうか。何にしても主君の前で眠ってしまうなど、護衛の風上にも置けない気の緩《ゆる》みである。

「で――」

殿下、と。

呼びかけそうになった声を、しかしニニムは喉元《のどもと》で押し止《とど》める。彼女の赤い瞳《ひとみ》に、窓の縁に頬杖《ほおづえ》をつきながらうたた寝するウェインの姿が映っていた。

(……ウェインも眠っちゃったのね)

先ほどの重苦しい夢のせいだろうか。穏やかなウェインの寝顔を見て、ニニムは小さく安堵《あんど》の息を吐いた。それからしばらく、ニニムはウェインを見つめる。小刻みに揺れる馬車の中で、静かに時間が過ぎていった。

(……)

ふと、ニニムは音もなく席を立った。

それから少し警戒をした様子で、視線を左右に走らせる。ウェインは眠ったまま。馬に乗って馬車の外を固めている護衛達も、車内についてはほとんど意識していない。——つまり、今ここでニニムが何をしようと、見咎《とが》める人間はいないということを確認する。

（……そっと、そっと）

ニニムはウェインの傍《かたわ》らに膝《ひざ》をついた。多分、これもきっと先ほどの夢のせいなのだ。少しばかり、甘えたくなっただけ。そう自分に言い聞かせながら、ニニムはウェインの胸元《むなもと》に顔を寄せて、さながら子犬が主人に甘えるように、頰《ほお》をこすりつけた。

「んー……」

ウェインが小さく声を上げる。ニニムはぴくんと体を硬直させるが、ウェインが起きる気配はない。安心してもう二度、三度と頰をこすりつけた。

するとウェインの手がおもむろに動いた。自然な動作で、ニニムの頭を撫《な》でる。起きたわけではない。これはウェインのクセだ。長年妹のフラーニャに甘えられてきたウェインは、意識が朧気《おぼろげ》な時に胸元に人の気配を感じると、妹が甘えてきていると勘違いして頭を撫でる動作をするのである。

いかんせんうたた寝している状態のため、しばらく撫でる動作をすると、糸が切れたように動かなくなるが、そういう時は催促するように突っつくと、また動き出す。ナトラ広しといえど、ニニムとフラーニャの二人のみが知ることである。

「はふ……」

頬が自然と緩むのをニニムは感じた。ウェインが起きている時や、人目がある時はとてもできない、秘密の行いだ。

(あまりやるとウェインが起きちゃうから、あと少しだけ……)

ウェインの指が黒く染められた髪を梳《す》く。その感覚を堪能しながら、ニニムはあと少し、あと少しと自らに言い聞かせ続け——

ガタン、と馬車が一際《ひときわ》揺れた。

「んんっ、ふあ——」

ウェインが呻《うめ》いた。沈んでいた意識が急速に浮上し、それに伴って瞼《まぶた》が持ち上がる。朧気な視界の中、彼の瞳に映るのは——対面に座る、ニニムの姿だ。

「ああニニム、起きてたのか」

「——ええ、ついさっきね」

焦りから乱れそうになる呼吸を押し止めながら、ニニムはにっこり微笑んだ。ウェインが瞼を上げる刹那《せつな》に満たない猶予《ゆうよ》の中で行われた、神速の場所移動である。

「なあニニム、さっきフラーニャが居なかったか？」

「何を言ってるのよ。フラーニャ殿下は別の馬車でしょ」

「そうか、そうだよな。……夢でも見てたか？　でもそれにしては」

「そっ、そんなことよりウェイン！　起きたのなら今後の予定について確認しましょう！」

「お、おう。どうしたんだ。まあいいけど」

ニニムの様子に戸惑いつつ、ウェインは言われた通り思考を切り替える。

「とはいえ予定といってもな。とりあえずルシャンに行って選聖侯達と会って——百％用意されてる罠《わな》を、食い破る予定ではあるんだが」

古都ルシャン。レベティア教にとって聖地ともいえる都市で、今年選聖会議が行われる場所である。

「罠ね。やっぱりあると思う？」

「当然な。まさか伊達《だて》や酔狂で選聖会議に俺《おれ》が呼ばれるわけがない」

選聖会議は本来は選聖侯しか出席する資格を持たない。以前カバリヌ王国の首都にて選聖会議が開かれた時も、名目は選聖会議への招待ではなく、カバリヌ王が個人的に会談を設けるために現地に招待されている。

「あるいは今回も別の名目だったら警戒を緩めたかもしれないが……招待状は間違いなく選聖会議への招待。それも聖王シルヴェリオ直筆の書簡ときてる」

聖王。それは選聖侯より選出されるレベティア教最高位の存在。現在それを務めているのはシルヴェリオという男であり——レベティア教福音局局長、カルドメリアと密接な関係にあると噂《うわさ》されている。

「つまりこの招待には、カルドメリア福音局局長の意向が多分に含まれているってことね」

「そしてあの魔女のことだから、絶対ろくでもないことを考えてるってわけだ」

ニニムはため息を吐いた。

「いっそ理由をつけて辞退すれば……とは言えないのが辛いところね」

「今のナトラをこのまま放置してもらえると考えるのは、さすがに甘いだろうな」

大陸の東と西に挟まれた、言わば緩衝地帯の一つであるナトラ王国。その摂政たるウェインの外交方針は、西にも東にもいい顔をしよう、という蝙蝠《こうもり》外交である。

小国時代はそれでよかった。いざとなれば簡単に組み伏せられるという慢心が東西どちらにもあったがゆえに、ナトラは東西と友好関係を保ちながら危機を乗り越えられた。

だが、ナトラは大きくなった。もちろん大陸全土からすれば、小国が二回りほど大きくなって、ようやく一人前の国になった程度でしかない。しかし緩衝地帯にある国がその大きさになることは、もしもナトラが向こう側についたらどうなるか、というプレッシャーを東西首脳陣に与えることとなる。

そしてウェインが摂政に就いてからの経歴を見れば──なにせ西側の国と戦争しまくりだ──その立ち位置が東寄りにあるのではないか、と推測することは自然なことだった。

「間違いなくこの招待は脅迫が含まれてる。西側に……レベティア教につく気があるのなら顔を出せってな。これを蹴れば、今回の選聖会議でナトラが異端認定されたっておかしくない」

　そうなれば完全に西側の敵となる。それは避けたい。ゆえに、出席しないという選択肢はウェインには無いのである。

　もっとも、これほど東寄りの態度を見せてもなお、まだ猶予を残しているのだ。それだけウェインとナトラを安易に切り捨てるには惜しいと、西側諸国に思わせているとも受け取れる。

「だとすれば、西側諸国はこれを機にナトラの取り込み……あるいは帝国との同盟関係を切るように画策してくるでしょうね」

「大いに有り得る話だ」

　ナトラが風見鶏《かざみどり》でいられる時期は終わったと、以前ソルジェスト王国のトルチェイラ王女から言われたことがある。なるほど彼女の言う通りだ。西側諸国は、間違いなくここでナトラの風見鶏を終わらせにくるだろう。

　そして、その上で、

「ウェインとしてはどうするの？」

「決まってるだろ」

　ウェインはにっと笑った。

「――全力で蝙蝠を貫く！」

「……というのが、摂政殿下の方針であるかと存じます」

ウェインとニニムが乗る馬車の、すぐ後ろ。

前の馬車についていく形で、ゆったりと進む二台目の馬車があった。

その馬車の中に居るのは三人。王女フラーニャと護衛のナナキ、そして彼女によって先日取り立てられた、家臣のシリジスである。

「あくまでも両方に良い顔をする、ってことね」

先ほどからフラーニャは、シリジスから今回の外交方針についての解説を受けていた。

シリジスを介さずともウェインに直接聞けば教えてもらえることであり、事実として後ほどそうするつもりである。それでもシリジスの講義を受けるのは、忙しくなるウェインの手間を省こうというものと、シリジスの能力を測るという意味合いがあった。

「ナトラは地理の関係上、東西が本格的に戦争を始めれば、即座に最前線となる場所です。どちら側につこうとも、それは変わりません。そしてもしも東西戦争となれば、多少大きくなった今でも、あっという間にすり潰されるでしょう」

むう、とフラーニャは唸《うな》る。

「ナトラは大きくなったけど、まだまだなのね」

「それどころか、肥大化したことでより危険になったとすら考えられます」

シリジスは慇懃《いんぎん》に言った。

「今のナトラは十分な脅威になり得ると諸国に見なされています。このナトラが風見鶏を辞めれば、東西の首脳陣を大いに刺激するでしょう。すなわちナトラが旗色を明らかにすること自体が、今や東西大戦の契機となりかねないのです」

「小国だから困ってたのに、大きくなっても困るだなんて、理不尽だわ……」

フラーニャは思わず嘆息する。

きっと兄も好き好んで東西のご機嫌取りをしているわけではないだろう。そうすることがナトラ存続の最善手だからこそ、絶妙なバランスの維持に努めているのだ。

（でも、それは簡単なことじゃないはずよ。お兄様だって人間だもの。人には見えないところで苦悩したり、弱音を吐いたりしているかもしれない……）

今回の件だって、とても笑っていられるような状況ではないだろう。ナトラの未来がかかっていると思えば、兄の心が緊張で苛《さいな》まれていてもおかしくない。

（やっぱりお兄様を助けるためにも、一刻も早く一人前にならなくちゃ）

兄のことを思いながら、フラーニャは改めてそう決意した。

◆◇◆

「くくく、俺を呼び出して選聖侯達の前で追い詰めようって魂胆だろうが、甘くみるなよカルドメリア。俺が参加したからにはこの選聖会議、歴史に残るグッダグダで全く生産性のない不毛なトップ会談にしてやるよ……！」

「…………」

「ん？　どうしたニニム」

「いえ、ウェインって打たれ弱いようで結構タフよねと」

ウェインは、なんのこっちゃ、という顔をした。

「──殿下、都市が見えてきました」

その時、馬車を操《あやつ》っていた御者《ぎょしゃ》から声がかかる。

二人は馬車の窓を開けて外を見る。進行方向の先に、確かに都市の輪郭が浮かんでいた。

あの都市こそ、選聖会議が行われる古都ルシャン──ではない。

ルシャンにはまだ数日の距離がある。見えてきたのは、ルシャンへ続く経由地の一つだ。

観光地としては特に見所も無い場所で、本来ならば補給以外の理由で立ち寄ることはないのだが、実は今回、ウェインはあの都市に用向きがあった。

「さあて、グッダグダな前哨戦《ぜんしょうせん》と行こうじゃないか」

そう言ってウェインは不敵な笑みを浮かべる。

そして――

都市にて待ち受けていた彼は、ウェインに向けて獰猛《どうもう》な笑みを浮かべた。

ソルジェスト王国国王、グリュエール。

「――待っていたぞ、ウェイン王子」

◆◇◆

この話を最初に持ちかけてきたのは、グリュエール王の方であった。

――古都ルシャンに到着する前に、密《ひそ》かに会談を設けたい。

グリュエールからのこの打診に、ウェインは迷わず乗った。これから向かう先は選聖会議。西側の頂点に君臨する魑魅魍魎《ちみもうりょう》達の巣窟《そうくつ》だ。一枚の手札も無しに我を通せるほど甘くはなく、事前の会談で何かしらの手札を得られる可能性を思えば、乗り込む他に選択肢はない。

もちろん相手はグリュエール王。何を隠そう魑魅魍魎の一人で、しかも以前戦争を繰り広げた間柄だ。その時は辛くも勝利し、その後国家間の友好関係こそ結んだが、内心では隔意の一つを抱かれていてもおかしくない。会談は慎重に慎重を期す必要がある。

「――なんて思ってたんだがな」

ウェインは呆《あき》れを滲《にじ》ませながら呟《つぶや》いた。

その原因は彼の眼前。

テーブルの上にズラリと並べられた料理の数々と、それを豪快に平らげる巨漢であった。

「どうしたウェイン王子、食事が進んでおらぬようだが」

通常の三倍はある特注のグラス――それでさえ、彼が持つといかにも小ぶりに見える――に注《そそ》がれたワインを一息に飲み干し、グリュエールは言った。

「体調が優れぬか？　それとも舌に合わなかったか？　それならばすぐにでもナトラの料理を用意させるが」

「ご安心をグリュエール王、私は元気ですし料理の味にも満足しております。ただ――」

ウェインは苦笑した。

「少し驚いているだけです。王のお体が、すっかり元通りになっていることに」

「おお、これか」

グリュエールは自らの太鼓腹を叩《たた》いた。

元来、口さがない者達からは豚と形容されるほど、グリュエールは肥満体だ。しかしナトラに敗戦した際、ストレスからか見違えるほど細身になっていた。しかしこうして再会した今、彼の肉体は以前と同じくらいの肥満体になっていた。

「ここまで戻すのに随分と苦労したぞ。あれ以来胃も小さくなってしまったのか、食が細くなってしまってな。今も見よ、たったの五皿しか食しておらん」

「それはそれは、随分と慎み深くなられたようで」

「で、あろう？　まったく、これでは敬虔《けいけん》なレベティア教信徒と勘違いされかねんぞ」

「勘違いなど。私は常々、王の腹を引き裂けば、脂肪ではなく神の奇跡が溢《あふ》れてくると思っているところですよ」

「おお、ならば我が食事は神への奉納に他ならぬわけか。これは食が細くなったなどと弱音を吐くわけにはいかんな！」

　グリュエールは大笑いしながら料理を二つ三つと平らげる。その様子は、こちらに対する隔意など微塵《みじん》も感じさせず、むしろ上機嫌としか言いようがない。年齢こそ親子ほどに離れているが、両者の間には友情のようなものさえ感じさせる。余人が見れば、ここから両者の仲がこじれるなどただの杞憂《きゆう》、有り得ないことだと断言するだろう。

（――まあ、普通に有り得るけどな）

　表向きはにこやかに、内心は夜の荒野のように冷えきりながら、ウェインは思った。

　何もウェインが特別冷淡なのではない。グリュエールとて同じだ。ウェインと話すことで本心から上機嫌になりつつ、ウェインとナトラを滅ぼす算段を当たり前のように並行して練っている。為政者《いせいしゃ》というのは、そういう度し難《どがた》い生き物なのだ。

「それで、グリュエール王。そろそろ本題に入ってもらえませんか？　まさか、雑談のためだけに呼んだわけではないでしょう？」

「私は雑談だけでも構わぬがな。そなたのように若く才気溢れる者と話す時間は実に刺激的だ。……そう睨《にら》むな。ちゃんと理由はある」

ウェインに鋭い視線を向けられて、グリュエールは言った。

「此度《こたび》の選聖会議について、どのような話し合いが行われるか知っておるか？」

「恐らくナトラの扱いについて議論されるとは」

「うむ、その見解は正しい。しかし議題は一つだけではない。帝国の情勢、昨今の東レベティア教の拡大、信仰の在り方の変化など、色々と話し合うことになるだろう。そして実は今回の会議には、そなたの他にも外部の人間が一人呼ばれているのだ」

「それは初耳ですね」

現在、聖王を含めた選聖侯は六人いる。

ソルジェスト王国の国王、グリュエール。

ベランシア王国の王弟、ティグリス。

ファルカッソ王国の王子、ミロスラフ。

バンヘリオ王国の公爵、シュテイル。

ウルベス連合の代表、アガタ。

それら選聖侯を束ねる聖王、シルヴェリオ。

この六人が現在における選聖侯であり、誰しもがその地位に相応しい格を持っている。そして自分以外で、彼らの集まりに呼ばれそうな人間となれば――

「確か……スキレー王でしたか、カバリヌの新王は。その方が呼ばれたのでは？」

「ほう、やはり解るか」

カバリヌ王国といえば、ナトラ王国の南に位置する国だ。

その前王はオルドラッセといい、何を隠そう選聖侯の一人だった。しかしながら、彼は不幸にも自国の将軍ルベールによって殺害されてしまう。そのルベールが王殺しの罪をナトラになすりつけようとするも、あえなく返《かえ》り討《う》ちにされたことは、歴史的事実である。

そして王と将軍を同時に失ったカバリヌは、貴族も平民も分け隔てなく今後の身の振り方を迫られることになり、国内は大きく揺れた。

それがようやく決着したのは先頃《さきごろ》のこと。政治的な紆余《うよ》曲折《きょくせつ》はあったが、オルドラッセ王の息子、スキレーが擁立《ようりつ》されたのだ。

（しかしカバリヌ国内はまだ落ち着いたとは言えず、スキレーの立場も盤石からほど遠い。彼としては素早く地盤固めに走りたいところだろうな）

それがスキレー、カバリヌ側の思惑であり、

（それでいてカバリヌは大陸中央の商都、ミールタースに面した国。すなわち西側の玄関口に

あたる要衝になる。レベティア教としてもここに対する影響力は握りたいはずだ）

これがレベティア教側の思惑になる。

そしてこの両者の思惑が交わった結果、どうなるのかといえば――

「そなたの考える通りだ。今回の議題ではスキレー王の選聖侯就任が話し合われる。そして何事もなければ、まず通るであろう」

「実にめでたいことですね」

スキレーは選聖侯という権威を得ることで、不安定な国内に睨みを利《き》かせられる。レベティア教はスキレーを選聖侯に組み込むことで、カバリヌへの影響力と、東に対する圧力を得られるというわけだ。

「新たな選聖侯の誕生は、西側に活力を呼び込むでしょう。いやはや、これでは我がナトラについての話し合いなど、オマケ程度に終わってしまいそうですね。残念です」

「何を言うかと思えば」

グリュエールは鼻で笑った。

「そなたにとってみれば、スキレーの影に隠れて、ナトラについて何も触れられることなく帰還できれば、それが最上であろう？」

ナトラが東西との繋《つな》がりを保ちたがっているのは誰の目にも明白だ。しかしもちろん、ウェインはそんなことはおくびにも出さない。

「誤解ですよグリュエール王。私はこれを機に西側諸国の一員として認められ、レベティア教のために貢献したいと心から思っている次第です」

「ふっ、そなたの腹をかっさばいても、出てくるのは汚泥であろうな」

グリュエールは笑って言った。

「だが、それでこそ本題に入れるというものだ。実はなウェイン王子、私が今日この場を用意したのは、ある人物から依頼されたからなのだ」

「何……？」

ウェインが眉《まゆ》をひそめる。

それに呼応するように部屋の扉が外からノックされた。

「入れ」

ウェインが誰何《すいか》する間もなくグリュエールが応じ、扉が開かれる。

「会うのは二度目だが、挨拶《あいさつ》するのは初めてになるな、ウェイン王子」

現れたのは一人の男。

ウェインより一回りほど年上で、まさに男盛りといった力強い容貌。さらに全身から覇気を感じさせるその物腰は、一目でただならぬ人物と理解できる。

そしてウェインの鋭い視線を浴びる中、彼は慇懃に一礼し、

「ベランシアのティグリスだ。――私と一つ、悪巧みをしてみないか？」

選聖侯ティグリスは、そう言って笑みを浮かべた。

◆◇◆

そこでフラーニャは会談の終わりを待っていた。

ウェイン達の会談が行われている館の別室。

「お兄様、大丈夫かしら……」

「そう心配されずとも、ウェイン殿下は無事に戻ってこられますよ」

傍らにいるニニムが柔和《にゅうわ》に微笑む。普段ならばウェインと同行するニニムだが、いかんせんここは西側の土地。髪を染めているとはいえ、フラム人である自分が目立てば余計なトラブルを生みかねないということで、今はフラーニャの傍《そば》に控えていた。

「もちろん私だってお兄様のことは信じてるわ。でも、それはそれとしてそわそわしちゃうのよ。ニニムだってそうでしょ？」

「それはまあ、仰る通りではありますが」

護衛はつけているとはいえ、やはりウェインの傍に自分がいないというのは、ニニムにとってどうにも据わりの悪い時間だ。こうしてフラーニャの世話をするのも、そうすることで気を紛らわせているという側面もあった。

そうして二人してそわそわしながら、物陰で護衛に徹しているナナキが「何やってんだあいつら」という思いを抱いていると、不意に部屋の扉が開かれた。

「邪魔をするぞ！」

威勢の良い声と共に現れたのは一人の少女。栗《くり》色の髪を湛《たた》えた利発そうなその姿に、フラーニャは見覚えがあった。

「……トルチェイラ王女、貴女も来てたのね」

ソルジェスト王国王女、トルチェイラ。かのグリュエール王の愛娘《まなむすめ》にして、フラーニャの苦手とする相手である。

「うむ、選聖会議に伴って、ルシャンには各地の有力者も顔を出す。父上からそちらの相手をするよう言われたのでの」

飛び乗るようにしてフラーニャの対面に座り、トルチェイラは屈託《くったく》のない笑顔を浮かべる。

以前彼女は留学という名目で、実質的に人質としてナトラへと送られてきた。しかしトルチェイラは人質とは思えないほど自由奔放に動き回り、しかも時折祖国であるソルジェストに帰ったりもしている。今回もグリュエール王の使節団に参加するために帰国していたのだろう。

「フラーニャ王女も似たようなものであろう？」

「ええ、お兄様は選聖会議でお忙しいから」

「では妾《わらわ》とそなたのどちらが有力者達を取り込めるか、勝負じゃな」

「……勝負なんてしないわよ。これは遊びじゃないもの」

「なんじゃ、自信がないのか？　まあ妾の肉体美に尻尾《しっぽ》を巻く気持ちは解るがの」

「巻いてないわよ！　というか体つきなんてほとんど同じでしょ！」

「解っておらぬな。貧相であることと未熟であることは違うのじゃよ」

からからとトルチェイラは笑い、反対にフラーニャは渋面になる。立場の違いか性格の違いかはたまた前世で因縁でもあったのか、ともかくフラーニャにとってトルチェイラはどうにも合わない相手だった。

「そういえば聞いたぞ、かの宰相シリジスを手駒《てごま》にしたそうではないか」

トルチェイラは言った。

「デルーニオ王国より追放され、諸外国からもまともに受け入れてもらえず、どこぞへ姿を消したところまでは知っていたが、まさか失脚の原因となった男の妹に仕えるとはの。どのような手管で引き入れたのか、教えてくれぬか？」

「誠心誠意説得しただけよ」

「誠心誠意、のう」

トルチェイラは唇を歪《ゆが》めた。

「果たしてその誠意が伝わっているのか疑問じゃな。ウェイン王子の寝首を掻《か》くために、利用されているのではないか？　一国の元宰相ともなれば、小娘ごときを騙《だま》くらかすことなど容易《たやす》

いじゃろう」

トルチェイラの口振りには明らかな嘲《あざけ》りがあった。身の程知らずが迂闊《うかつ》なことをしている。彼女の目にはそう映っているのだろう。

あるいはこれが半年前ならば、ムキになって反論したかもしれない。

しかしこの日、この時、フラーニャの反応は違った。

「──危険は承知の上で、彼を迎え入れたのよ」

なぜならば、事この件に関して、フラーニャは確かな覚悟と決意を持っていたからだ。

「お兄様は試練を乗り越えてどんどん先へ行かれるわ。私はそれに追いつかなくちゃならない。だから安心安全な道だけを選んではいられないの。厳しいところに身を置かなくちゃ、より厳しい場所には到着できないのよ」

「むっ……」

淀《よど》みないフラーニャの答えに、トルチェイラは僅《わず》かに鼻白んだ。

しかしそれも束《つか》の間、彼女はいつも通り強気に笑ってみせる。

「まあよい、それならば精々足元をすくわれぬことじゃ。落とし穴とは常々思いもよらぬ時と場所でハマるものだからの。──敬愛する兄君も、今頃《いまごろ》それを痛感しておるじゃろう」

「……どういう意味？」

「さてな。なあに、ウェイン王子が戻ってくればすぐに解ることじゃ」

そういって不敵に笑うトルチェイラに、フラーニャは言い知れぬ不安をかき立てられた。

◆◇◆

「……どういうつもりだ、グリュエール」

選聖侯ティグリス。

選聖会議で出会うはずの重要人物の登場という、予想外すぎる出来事を前にして、しかしウェインの視線は同席しているグリュエールに向けられていた。

「この会談の参加者は俺とグリュエールの二人だけ、という認識でいたんだがな」

先ほどまでの慇懃な態度もなくなり、強い糾弾《きゅうだん》がその口調には宿る。

しかしそれも無理からぬことだ。会談の場に予定にない人物を連絡もなく招くなど、不意打ちにもほどがある。このままウェインが退出しても文句は言えない行いだ。

「許せ、ティグリスに是非にとも頼まれたのだ」

グリュエールはそう答えるも、ウェインは納得しない。

「だとしても、事前に一言あってもいいだろう」

「それは私が頼んだのだよ、ウェイン王子」

するとティグリスが言葉を挟む。

「公的には、現在の私は別の経由地に逗留《とうりゅう》中となっている。可能な限り私の動きが漏《も》れないようにするには、貴殿にすら情報を伏せる必要があったのだよ」

「そういうことだ。とはいえ、不義理を働いたことは認めよう。その上で、席を立たずにいてもらいたい」

「……これは貸しだぞ、グリュエール」

ウェインは不承不承という体でそう答えた。

その上で、

（ま、この辺りが落としどころか）

表向きと態度とは裏腹に、ウェインは至極冷静な心境でいた。

実のところ、驚きこそしたものの、ウェインは全く怒ってなどいなかった。むしろこんな大物が出張ってきたことを好機とすら考えていた。

しかしせっかくグリュエールが無作法を働いたのだ。さも不満を持っていることをアピールして、貸しの一つを引き出すのは当然の判断である。また、席を立つ雰囲気を出すことで、相手が引き留めてくるかの出方を確かめたいという思いもあった。

（グリュエールはこの場を用意するのを依頼されたと言っていた。さらにこうもすんなり非を認めて、ナトラへの借りを呑《の》み込《こ》んだ。……こうなってくると、金銭なり何なり、相当ティグリスから積まれたことは間違いない）

そしてそれは同時に、ティグリスの本気度の証明にもなる。

それだけのことをしてでも、彼はウェインとの秘密会談を望んだのだ。

（選聖侯、ティグリス……）

現ベランシア王の実弟にして、選聖侯。異端の経歴だ。選聖侯という西側で最も権威ある称号を、国の代表たる国王ではなく、その弟が担っているのだ。ベランシア王国にとって、国内に二人の王がいるに等しいだろう。

（譲られたのか、奪い取ったのか……外からじゃ解らなかったが……）

「どうかしたかな、ウェイン王子」

こちらの沈黙に、怪訝《けげん》そうな顔になるティグリス。

「……いや、かの高名な王弟殿を前にして、少し気圧《けお》されただけだとも」

「ははは、何を言うかと思えば。貴殿の積み重ねてきた破格の実績に比べれば、私など盆暗《ぼんくら》以外の何者でもないだろう」

「それこそまさかだ。たかが盆暗がもぎ取れる地位ではないだろう？　選聖侯は」

「いやいや、恥ずかしながら我が兄上は出不精でね。何かとレベティア教の集まりに呼び出される選聖侯は面倒だと、私に押しつけたのだよ」

ティグリスは続ける。

「ああ、勘違いしないで欲しいのだが、兄と仲が悪いわけではないのだよ。むしろ仲良しと言っていいぐらいだ。そう、貴殿と貴殿の妹君のようにね」

「……なるほど」

　こうしてティグリスを前にすると、よく解る。所作の端々から感じられる自信、覇気。グリュエールなどと同じく、自らの中に絶対の柱がある人間だ。

　そしてこの手の人物は、誰かから恵みを与えられるのを待つような、悠長で暢気《のんき》な性格はしていない。必要なものは己《おのれ》の手で奪い取る人間、つまりは――自分の同類だ。

「よく理解したよ、ティグリス卿。卿とは仲良くやれそうだ」

「そう言ってもらえると私も嬉しいよ、ウェイン王子」

　刃を喉元に突きつけ合っているような、異様なまでの緊迫感を生み出しながら、二人は柔和に笑う。気の弱い者ならば、傍にいるだけで絶息しかねないほどの空気だが、傍らにて眺める巨漢はそんな柔《やわ》な人間ではない。

「若人《わこうど》が火花を散らす様を眺めるのは、酒の肴《さかな》として格別であるな」

　グリュエールはワインを片手に口を開いた。

「しかし私は仲介者としての立場もある。一度だけその役目を果たそう。――あまり二人でじゃれついていると、カルドメリア辺りが嬉々《きき》として付け入ってくるぞ」

　これに二人は顔をしかめた。互いに牽制し合っていても、利するのは第三者。一国の王からそんな解りきったことを告げられて、なお強情を張るのは幼稚というものだ。

「……本題に入ってよろしいかな、ウェイン王子」

「ああ、そうしてくれ」

嘆息と共にウェインが応じると、ティグリスは語り始めた。

「グリュエール王より聞いていると思うが、今回の議題ではカバリヌのスキレー王が選聖侯に就任する運びになっている。しかし実のところ、レベティア教にとってこの就任は少々時期尚早という思いもあるのだよ」

「どういうことだ？　カバリヌの土地を抑えるのはレベティア教にとって重要だろう」

「まさしくその通り。つまり、重要なのはあの土地なのだよ」

ティグリスの意図するところを、ウェインはすぐさま察した。

「……なるほど、レベティア教の影響下でさえあれば、その地を治めるのがカバリヌである必要はないわけだ」

王を失い落ち目のカバリヌ王国。そんな窮地の国があれば、助けるのではなく、貪《むさぼ》ろうとするのが諸国の常だ。

それは西側の国々であっても変わらない。レベティア教という宗教による連帯は、決して国家間の友情を証明するものではないのだ。この好機にあの手この手でカバリヌから人を、物を、あるいは国土を搾り取ろうと画策するのは当然といえる。

懸念《けねん》すべきは東の帝国に付け入られることだが、幸いにも帝国はお家騒動の真っ最中だ。西側諸国としては、安心してカバリヌを食卓に上げられる。

「しかしそこに、ファルカッソ王国のミロスラフ王子が割って入った」

選聖侯が一人、ミロスラフ。伝え聞くところによれば、ウェインと同年代の人間だ。

「確か現ファルカッソ王から、選聖侯の位を譲られての就任だったか」

ティグリス《おまえ》とは違って、と心の中で付け加える。

それを知ってか知らずか、ティグリスはにこりと笑った。

「いかにもその通り。ファルカッソ王はもうかなりの老体だ。代替わりの準備として、まずは選聖侯の地位を王子に譲ったわけだ」

「あのファルカッソ王は実に厄介な御仁でな。繰り広げた暗闘の数々は、思い出すだけでも心躍る。それだけに、時の流れが恨めしいものよ」

グリュエールの口ぶりは本心からのものだ。

その様子と、ティグリスの語った内容、そして国家情勢。それら断片を前にして、ウェインは一つの納得を得る。

「――つまりミロスラフはお前達に舐められてるわけだ」

グリュエールとティグリス、二人はウェインの言葉に僅かな反応を示した。

ミロスラフはウェインと同程度の年齢。政治や外交の経験は決して豊かではないだろう。代替わりの時期ならば仕方ないとはいえ、選聖侯達がそれを汲《く》んで容赦するはずもない。

「だからスキレーに接近した。彼を選聖侯に押し上げることができれば、孤立している自分の味方が増える。スキレーにとっても、選聖侯就任に協力してくれる上に、就任後の味方となれば断る手はないからな」

ウェインの指摘を受けて、ティグリスは苦笑を浮かべる。

「舐めるなど。仮にも同じ選聖侯にそのように無礼な態度はとれんよ。そうだろう？　グリュエール王」

「もちろんだ。我らはレベティア教の信徒として、誠実で真摯《しんし》な関係を心がけているぞ」

いけしゃあしゃあと答える二人にウェインは鼻を鳴らす。

しかし同時に、ミロスラフの狙いについて訂正は入らない。ならばと彼は続けた。

「ミロスラフとスキレーに対抗して、俺とグリュエールとティグリスの三人で組む。……それがこの会議の本題なわけか？」

「概《おおむ》ねその認識で合っている」

ティグリスは言った。

「だが、組むのは私と王子だけだ。残念ながら、グリュエール王にはフラれてしまってね」

ウェインはグリュエールを睨み付《つ》けた。

「……となると、グリュエール王はこの会談に関係ないわけか？　どういう了見でここに居座ってるのか、確認する必要がありそうだな」

「そう睨むな。この場を用意するのは、見物料も込みだ。なに、ここの話を余所《よそ》に持って行くなどという、つまらぬことはせぬよ」

「その点は信じてますよ、グリュエール王」

「……」

ウェインはなおもしばらくグリュエールに視線を向けていたが、やがてティグリスに向き直った。

「……俺とティグリスが組む。そこまではいい。だが組んでどうなる？　こっちは一国の王子にすぎないぞ」

招待された身とはいえ、選聖会議での発言権は当然ながら選聖侯が握っているだろう。会議において、自分に発言が許されるか、ウェインは懐疑的だった。なにせこいつに主導権を握らせたらヤバいと、ここ数年で諸外国に知れ渡っている。

「確かに私と王子だけでは心許《こころもと》ない。しかし実は他に協力者のアテがあるのだよ」

「誰だ？」

「それは言えない。ここではね」

ティグリスはチラリとグリュエールを見た。

信じているからといって、無用に情報を晒《さら》すことはしない、ということか。

「王子が私と組んでくれるというのなら、古都ルシャンに着いた後、引き合わせよう」

「仮にそうなったとして、俺とティグリスとその協力者の三人で、状況をひっくり返すと？」

「そうだ。スキレーの代わりに貴殿を選聖侯へと押し上げ、勢力図を塗り替える」

現在選聖侯は六人。ウェインが選聖侯になれば七人だ。協力者が何者かは知らないが、その人物も選聖侯ならば、なるほど、七人中三人の選聖侯が手を組んだことになるのだから、影響力は絶大だろう。

「……そちらの話は解った。しかし確認しておきたいことがある」

「何なりと」

「上手《うま》く行った場合、ナトラと帝国の付き合いをどう捉《とら》える？」

もちろん上手くいくというのは机上の空論でしかない。スキレーを差し置いて自分が選聖侯になることは困難を極《きわ》めるだろうし、そうでなくても他の選聖侯達も全力で妨害してくるだろう。そこまで理解した上で、その先のことをウェインは問う。

「選聖侯という立場を尊重して欲しい、と私は考えている」

つまり手切れにしろ、ということである。西側諸国にとって仮想敵は帝国だ。その代表たる選聖侯が公然と誼《よしみ》を通じているのは、なかなか受け入れがたいのだろう。

しかしそこでウェインは反論をする。

「それは些《いささ》か狭量じゃないか？　何も剣を交えるだけが戦いでもないだろう。東側と強いパイプがある選聖侯がいることは、机上の戦いにおいて有利かと思うが」

「要因になり得ることは認めよう。しかし、それが必ずしも西側の有利に働くとは限らない」

二人のやり取りを傍から見ていたグリュエールは、小気味よさそうに笑う。

両者の主張は、ウェインが「東側と伝手《つて》があれば駆け引きに便利だよ」というのに対して、ティグリスは「でも裏切りにも利用できるよね？」と懸念を示す形だ。

（蝙蝠の立場を崩したくないウェイン王子と、裏切りの可能性を潰したいティグリス。当然の平行線と言えるな。ましてティグリスからすれば、東側との繋がりの有用性を認めるとしても、その仲介役がナトラである必要はないのだ）

グリュエールの思考とまさに同じ事を、ティグリスは抱いていた。

ハッキリ言ってナトラは危険な取引相手だ。手を組むにしても、帝国との繋がりなどという、いざとなれば西側を切り捨てられる手札を握らせていては、いつ裏切られるか解ったものではない。だからこそその手札はナトラより取り上げ、自分が握っておく。これこそ理想だとティグリスは考えて、

「いいや、それはどうかな？」

ウェインはにっと笑った。

「将来的な可能性まで見据えれば、ナトラがパイプ役である方がいいと思うがな」

その言葉の意味を、ティグリスとグリュエールは数秒の後に理解した。

（将来、すなわちティグリスら三者の同盟により、選聖侯内の勢力図が塗り変わった後の事）

（私が権勢を己の手だけに摑《つか》もうと思えば、今度は組んだ二人が邪魔になる）

（その時にナトラが公然と帝国と付き合いを続けていれば、それは大きな糾弾材料だ）

（つまりウェイン王子はこう言っている。後々俺を殺しやすくするために、今は俺の特権を受け入れろと）

これにグリュエールは思わず笑い、ティグリスは小さく唸った。

「…………なるほど、ここで頷《うなず》くことはできないが、議論の余地はありそうだ」

ティグリスは言う。

「そして確信した。やはり、貴殿と手を組むことには大きな意義がある」

「本気か？」

ウェインの問いは試すように。

「勿論《もちろん》だ」

されど、ティグリスは迷わず頷いてみせる。

そこにあるのは栄光の未来が自分に傅くという確信。否《いな》、力尽くでも傅かせるという圧倒的な意志。グリュエール風に言うのならば、この男はとてつもなく大きな獣を飼っている。これを味方にできるのならば、心強さでは比類あるまい。

ゆえに、ウェインは思った。

（だからこそ……）

（これはグリュエールが入れ込むのも解るな）

ティグリスは内心でウェインに感嘆していた。

まだ若い、若輩と言っても良い年齢にも拘《かか》わらず、弁舌に淀みはなく、頭の回転も速い。何より選聖侯二人を前にして一切物怖《いっさいものお》じするところがない。隙《すき》あらばこちらを出し抜こうという気概を端々から感じられる。

そしてそんなウェインを、ティグリスはむしろ好ましく思う。味方に欲しいのは唯々諾々《いいだくだく》と従う凡愚《ぼんぐ》ではない。味方においてもなお油断できない器量にこそ、引き込むだけの価値がある。

ゆえに、ティグリスは思った。

（だからこそ……）


「──いいだろう、手を組もう」

ウェインはティグリスに手を差し出した。

ティグリスは笑顔を浮かべ、その手を取った。

ここに二つの勢力の共闘が成立した。

そして、

（ティグリスは強い。間違いなく上へと登り詰める男だ）

（ウェイン王子の能力は本物だろう。それどころか、さらに成長しかねん）

奇《く》しくも二人は、

（そして私には解る。ウェイン王子が何か大きな目的を持っていると）

（だがティグリスの野心は、俺の道と重なることは絶対にない）

この瞬間、同じ結論に至る。

（（どういう道筋を辿《たど》ろうと、こいつは殺すしかないな――））

この日の会合は、グリュエール王が遺《のこ》した史料によって、後世に伝えられる。

しかしここで成立したウェインとティグリスの共闘関係は、ごく短期間のうちに破綻してしまう。それを知る未来の人々は、あるいは共闘がもっと長く続いていればどうなったか、そんな可能性を考えながら、両者の短く儚《はかな》い関係をこう表した。

曰《いわ》く、薄命同盟と。

「なかなか有意義な会合に終わったようではないか」

秘密会談が露見せぬよう、一足先に退出して本来居るべき経由地へと帰還したティグリス。それをウェインと共に見送ったグリュエールは、おもむろにそう言った。

「ウェイン王子とティグリス、そしてまだ見ぬ第三の協力者か。今回の選聖会議は荒れそうであるな」

「随分と余裕だな、グリュエール」

ウェインはグリュエールに向かって言い放つ。

「キャスティングボートを握っているつもりか？　お前も選聖会議の参加者の一人であることを忘れるなよ。馬鹿騒《ばかさわ》ぎを観戦しているつもりで、いつの間にか食卓《テーブル》に上がってるかもしれないぜ？」

その挑発的な物言いに、むしろグリュエールは笑みを深くした。

「この世で最も価値ある命、すなわち己自身を天秤《てんびん》に置いてこそ道楽は道楽たり得るというものだ。そしてそちらこそ忘れてはならぬぞ、ウェイン王子。私が貴殿に先の敗北の借りを返せる日が、あるいは近くに訪れるやもしれぬことをな――」

かくして、その日の会談は円満に終了する。

翌日、ウェインとグリュエールの一行は、改めて古都ルシャンへと出発した。

その先に待ち受けている、魑魅魍魎達との暗闘に思いを巡らせながら。

第三章

嵐を巻き起こす者達

古都ルシャン。

大陸西部の、ちょうど中心に位置する都だ。

かつてレベティア教の開祖レベティアは、この地にて神より巡礼の啓示を授《さず》かったという。

そして啓示に従い、神の教えを広めながら大陸一周を成し遂げたレベティアは、信徒と共に都市ルシャンを築き、レベティア教の中心地にしたとされている。

まさに地理的にも信仰的にも大陸西部の心臓部。それがルシャンだ。

そして現在、ルシャンとその周辺はどこの国にも属しておらず、言わばレベティア教という宗教の直轄地として扱われていた。

「――とはいえ、街並みは案外普通ね」

ゆっくりと進む馬車の中、窓から外を眺めるニニムは呟《つぶや》いた。

それに応じるのは同乗するウェインだ。

「そうだな、多少古めかしいが、典型的な西側の都市って感じだ」

しかしそれは無理もない。ルシャンは西側の都市デザインの基礎となった地だ。つまり他の西側の都市と似ているのではなく、他の都市がルシャンを模倣しているのである。

「その代わり、街の雰囲気は余所《よそ》と違うと感じるな」

「ええ。どことなく静かというか、厳粛というか……かなりの人数がいるのに、ほとんどがきちんとサークルを身につけてるし、敬虔《けいけん》な人が多そうだわ」

サークルというのは、レベティア教の信徒が首に提《さ》げる象徴的《シンボル》アイテムだ。主に金属製で、手の平ほどの二つの真円がくっついたような形状をしており、片方の円は神の完全性を、もう片方の円はレベティアが巡礼した大陸全土を表すとされている。

「見る限り、市民だけじゃなく巡礼者も相当いるな。さすが、巡礼を円滑にするために道を徹底的に整備しただけある」

「確か西側のほとんどの国に、ここルシャンと直結する道があるのよね」

「この辺りはあまり作物が育たないらしいからな。人の往来を容易にしなきゃ、いくら信仰の中心地とはいえ干上がっちまうってことだろう」

ウェインは窓から巡礼者らしき人々を見やる。

「それにしても、サークルをずっと首に提げてると結構肩が凝るのに、よくやるぜ」

「一応言っておくけど、選聖会議ではウェインもちゃんと着けて行くのよ？」

「……軽い木製のがあったりしない？」

「王子様が着けるのがそれじゃ格好がつかないでしょ」

まあそうだよなあ、とぼやいているうちに、馬車はルシャンの中心部に到着する。

そこにあるのは大きな広場と、それを睥睨《へいげい》するように存在する、巨大な建築物だ。

建造物の名は聖王庁。レベティア教の中枢であり、卓越した石工技術からなる厳《おごそ》かで重厚な外観は、見る者に言い知れぬ畏怖《いふ》を与える。一国の宮殿であっても、この威容を前にしては霞《かす》むであろう。

「さて、伏魔殿《ふくまでん》にてご挨拶《あいさつ》だ。ニニムはフラーニャ達と一緒に、用意されてる宿泊先に先に向かっててくれ」

レベティア教の総本山だ。黒髪にしているとはいえ、フラム人のニニムは入りにくい。

「気をつけてね、ウェイン」

「いざとなったら火をつけてでも逃げてくるさ」

ウェインはニニムと別れて馬車から降りる。そして数人の護衛と共に聖王庁に踏み入った。

（……これはまた）

聖王庁の中は、まさに厳粛というような空気だった。

金銀が貼《は》られることもなく、華美な装飾品が飾られることもない。身の丈何人分にもなろうかという高い天井《てんじょう》と、遠くまで続く冷たい石造りの壁は、どこか現実味がなく、異界に迷い込んだような錯覚すら抱かせる。

さらにそこを往来する人間達もだ。質素な修道服を纏《まと》い、背筋を伸ばし、音もなく歩く姿は、まさにレベティア教の規範といえる。しかし同時にそんな様子は人間味に欠け、等身大の人形が動いているようだ。

（伏魔殿、ってのが笑い話じゃなくなりそうだな）

元からこうなのか、あるいは当代におけるここの支配者に影響されたのか。何にしても気を引き締める必要があると思い知ったところで――

「お久しぶりですね、王太子殿下」

ぞわり、と背筋が粟立《あわだ》った。

声の方へ目を向ければ、そこに立っていたのは供を連れた一人の女性。

美しい女性だ。妖《あや》しい輝きを湛《たた》える髪と、深淵《しんえん》を感じさせる瞳《ひとみ》。妙齢の艶《つや》と童女の瑞々《みずみず》しさが両立する面立ちは、とても人界の産物とは思えない。

「これはこれは……カルドメリア殿自らの出迎えとは、痛み入ります」

レベティア教福音局局長、カルドメリア。

女の身にして選聖侯に次ぐ地位に座る本物の女傑。

それが今、ウェインの前に立っていた。

「殿下はこちらの招待に応じてくださった賓客《ひんきゃく》ですもの。当然のことですよ」

柔和《にゅうわ》に微笑《ほほえ》むカルドメリア。その笑み、眼差《まなざ》し、所作の一つ一つが、聖職者らしからぬ妖艶《ようえん》さとおぞましさを秘めている。

「ウェイン王子は確かルシャンを訪れるのは初めてでいらっしゃいましたか。どうですか？　この古都は」

「さすがレベティア教の膝元《ひざもと》だけあって、厳粛で清廉《せいれん》な空気を感じさせますね」

「ふふ、外から来られるとそう感じるかもしれませんね。ですがこれでも普段より和らいでいるのですよ。久方ぶりにルシャンで選聖会議が開かれることもあって、民も浮かれているようです」

「これでですか？　私が普段のルシャンを訪れたら息が詰まってしまいますね」

「何事も慣れですよ、ウェイン王子。……ともあれ、これ以上賓客の方と立ち話などをしていては、無作法と叱《しか》られてしまいますね。こちらへどうぞ。既にあの御方もお待ちです」

あの御方というのが誰《だれ》か、問うまでもなかった。

ウェインはカルドメリアに導かれるまま、護衛と共に聖王庁の奥へと進む。

「そういえば、以前お目に掛かった時と変わりないようで、安心しましたよ、カルドメリア殿」

「お陰様で、幸いにも壮健に過ごせております」

記録によれば、カルドメリアは齢《よわい》六十を超えるという。しかし外見だけみれば三十代、いや二十代と言っても差し支えない。名前を継承した別人という話もあるが――単にこの人間が化け物なだけ、という方がしっくりくるのだから、恐ろしい。

「失礼ながら、元気の秘訣《ひけつ》でもあるのでしょうか？」

「日々を楽しく過ごすことでしょうか。充実した人生を送ることが、結果として若さと活力を保つことに繋《つな》がるかと」

「レベティア教の教徒らしからぬ返答に思えますね」

「己《おのれ》を抑圧することだけが、神への忠誠を示す方法ではありませんよ。グリュエール王などがその典型でしょう」

「……なるほど、納得しました」

グリュエールの太鼓腹を引き合いに出されては、頷《うなず》かざるを得ない。

「ちなみにカルドメリア殿の楽しいこととは？」

「それはもちろん、迷える民を導くことですとも」

カルドメリアは言った。

「彼らが私の言葉で目指すべき先を知り、歩き出す様に、とても充実を感じます」

「……カルドメリア殿に導かれたとなれば、さぞ幸福な日々を送っているのでしょうね」

「ええ、そうだとよろしいのですけれど」

そこで、一旦《いったん》会話が途絶えた。

両者の間にある空気を象徴するかのように、足音だけが冷たく響く。

次に口を開いたのはカルドメリアからだ。

「そういえば、殿下の方は、少し背が高くなられたように思えますね」

「そうですか？　摂政になってからというものの、重荷が増えるばかりで、潰《つぶ》れて小さくなっているかもしれないと不安だったのですが」

「殿下の功績を思えば、鼻が伸びることはあっても、背が丸くなることなど無いでしょう」

「功績など。所詮《しょせん》は時流と嚙《か》み合《あ》っただけのことですよ」

ウェインは肩をすくめるが、カルドメリアは頭を振る。

「時流に乗る。たったそれだけのことができない人間がどれほどいるでしょう。この動乱の時代に王太子殿下を頂きに据えられたナトラは幸運ですね」

「さて、本当に幸運だったかどうかは、まだ決まったわけではないでしょう」

ウェインは言った。

「なにせこれから時代の流れはもっと激しくなります。私が後世にてナトラの救世主となるか、死に体だった国を多少延命させただけの藪《やぶ》医者となるか……評決が出るのは、全《すべ》てが終わってからですよ」

「なるほど……確かに仰《おっしゃ》る通りですね」

「ましてや、とんでもない大波がすぐ間近に迫っているわけですしね」

ウェインが皮肉げに口にするも、カルドメリアは受け流して微笑んだ。

「殿下が溺《おぼ》れそうになった時は、私が手を伸ばしましょうか」

「ありがたい申し出ですが、巻き込んでしまうかもしれませんので」

「ふふ、殿下と共に溺れるならそれも一興ですけれどね」

そうこうしているうちに、一行は大きな扉の前に到着する。

カルドメリアの部下が扉を開くと、広い室内と、その奥に据えられた玉座、そして玉座に座る人間の姿が眼に入った。

「──猊下《げいか》、ウェイン殿下が到着されました」

カルドメリアの言葉に、深く瞑目《めいもく》していたその人物はゆっくりと瞼《まぶた》を起こした。

（こいつが……）

聖王シルヴェリオ。

選聖侯の、レベティア教の頂点に座す人間が、そこに居た。

「王太子殿下、どうぞ前へ」

カルドメリアに促され、ウェインは謁見の間を進みながら、シルヴェリオを観察する。

見る限り、かなり老齢の人物だ。背は小柄で手は枯れ木のよう。加齢からか瞳は白く濁り、足も悪いのか傍《そば》には杖《つえ》が立てかけられている。下手をすれば、着ている法衣に潰されてしまうのではないか──そんなことを思ってしまうほどに、その印象は弱々しい。

（災害に被災した民を思い、一カ月飲まず食わずで祈禱《きとう》を続けただの、山賊の砦《とりで》に単身で乗り込み、説得してみせただの、相応の評判は聞く。だが、それらも全てカルドメリアの仕込みであり、実態は傀儡《かいらい》なんて話もあるが……）

先んじて聖王の隣に立ったカルドメリアと見比べれば、なるほど、片や若さが溢《あふ》れんばかりのカルドメリアと、片や朽ちかけた木立のごとき聖王シルヴェリオ。聖王が魔女に生命力を吸い取られていると言われても頷ける絵図である。

しかしウェインの心には、一片の油断も存在しなかった。

（なにせこの世で最も尊い血を引く男、だしな）

他の多くの選聖侯が王族など地位を持つのに対して、シルヴェリオは聖王であるが、世俗においての地位は持っていない。聖王、選聖侯という立場を降りれば、ただの聖職者になる。

しかし仮にそうなったとしても、彼が一介の聖職者として扱われることは、終生ないだろう。

なぜならばシルヴェリオはレベティア教の開祖――すなわち、レベティアの末裔《まつえい》なのだ。

（うちも人のことを言えないが、よくもまあ何百年も前の血筋が正確に残ってるもんだ）

選聖侯になる条件の一つとして、開祖レベティアかその高弟の血を引いている必要がある。

しかし遙《はる》か過去の人物だ。血の系譜は複雑で不明瞭な部分も多く、権力や金銭で強引に血筋の枠内に収まることは珍《めずら》しくない。現在の選聖侯のメンバーとて、その大半が本当に血を引いているのか定かではないのだ。

そんな中でウェインとシルヴェリオは、明確に血の繋がりが追える希有《けう》な例と言えよう。し

かし当然ながら高弟の末裔であるウェインと、開祖の末裔であるシルヴェリオでは、その血の価値に雲泥の差がある。

シルヴェリオの一族は代々ルシャンに生まれ、ルシャンで過ごし、ルシャンの聖職者として一生を終えるのだが、その過程で大半が選聖侯に、さらには聖王の座へと着くのだ。

（俗世の地位がある選聖侯を聖王の座につかせてしまうと、その選聖侯の属する国が権勢を得る。そういう突出した国家を生み出すことを嫌い、牽制《けんせい》を繰り広げた挙げ句、俗世の地位や領地を持たないシルヴェリオの一族に聖王のお鉢が回る、という事例は多い。結果として、数多《あまた》の聖王を排出する至尊の血筋が完成したわけだ）

この絶妙な立ち位置は、当然ながら意図したものと考えて間違いない。ウェインは血筋に価値など微塵《みじん》も抱いていないが、血筋に価値を感じている民衆が多いことも理解している。シルヴェリオの一族も同じ考えだろう。だからこそ長い年月をかけて血の価値を高め続けたのだ。

そんな深謀遠慮を成し遂げる一族の末裔と、人を破滅に追い込むのが大好きな魔女がセットで並んでいるのだ。これで気を緩《ゆる》めることができる人間は、飢えた虎《とら》の前でだって眠りにつけるに違いない。

「……お初にお目に掛かります、聖王猊下。この度は選聖会議へのご招待にあずかり、ナトラより参上いたしました」

ウェインは定型句の挨拶を口にしながら、シルヴェリオを窺《うかが》う。が、反応はない。眼はおろか耳も遠いのかと思っていると、不意に彼は傍《かたわ》らのカルドメリアへと何事か囁《ささや》いた。こちらからは聞き取れないが、カルドメリアは小さく頷いて、

「来訪を歓迎する、と猊下は仰っております」

為政者《いせいしゃ》が自らの神秘性を維持するために、家臣や民と直接口を利《き》かないということは、さして珍しいことではない。が、この場合は年齢から声を張り上げるのが億劫《おっくう》なのだろう。

(とはいえ、反応が読みづらいな。もう少し聖王に探りを入れたいところだが――)

などと思っていると、

「選聖会議は明後日より開かれます。それまで用意した屋敷で旅の疲れを癒《いや》してください」

速やかに話を終わらせる流れを作られて、ウェインは内心で舌打ちする。

「お気遣いありがたく。ですがその前に一つ、此度《こたび》の選聖会議に私を呼んだ真意を、改めて猊下にお伺いしたい」

そうウェインは切り込むが、予期していたようにカルドメリアが答えた。

「親書にも記しましたが、現在ヴーノ大陸全土に波乱の兆しがあります。特に東部の帝国の混乱は、いつ西側へ波及するか解《わか》りません。今回の選聖会議において、それにどう対処するのか話し合う予定ですが、そこで帝国に対する深い見識を持つウェイン殿下の意見を伺えれば、と招待した次第です」

「……なるほど、理解しました」

応じながらチラリと聖王を窺うが、まるで微動だにしない。向こうの自発的なリアクションに期待できなさそうだ。

（いっそ仕掛けてみるか……？）

玉座の聖王までは数歩の距離だ。護衛も手薄。やろうと思えば眼前まで迫れる。そうした時に聖王が示す感情は戸惑いか、恐怖か、怒りか。

（目撃者の始末と逃走経路の確保ができていない以上、ここで聖王をどうにかするのは現実的じゃないが、例えばそう、一歩――）

踏み出してみたら、どうなるか。

そう考えた刹那《せつな》、喉元《のどもと》に白刃が突きつけられた。

「――っ」

ウェインは反射的に一歩退いた。

「いかがされました？　ウェイン殿下」

カルドメリアが怪訝《けげん》そうに小首を傾《かし》げた。それによってウェインは気づく。刃などどこにも見当たらないことに。

（こいつは……）

刃を突きつけられたと錯覚してしまうほどの威圧。

カルドメリアではない。他の護衛はウェインの様子に戸惑っている。微動だにしないのは――

聖王のみ。

こめかみに汗が滲《にじ》むのを感じながら、ウェインは薄く笑った。

「……いえ、お気になさらず。少し旅の疲れが出たようです」

聖王シルヴェリオ。

やはり、油断できる相手ではない。

「でしたら屋敷にて休まれるのが良いでしょう。すぐに馬車も用意させます」

「お言葉に甘えさせて頂きます。風邪をひいて選聖会議に出席できなかったとなれば、事ですので」

「猊下も私も、ウェイン殿下の忌憚《きたん》のない意見を楽しみにしていますよ」

「ご期待に添えるよう微力を尽くす所存です。——それでは」

聖王とカルドメリアに向かって、ウェインは深々と一礼すると、踵《きびす》を返した。

そしてウェインの後ろ姿が扉の向こうに消えた後、

「……メリア」

シルヴェリオの枯れた声音《こわね》に、カルドメリアは迷うことなく傅《かしず》き、耳をそばだてた。

「あの者とならば、咲きそうか？」

「間違いなく」

「そうか……」

シルヴェリオは呟いた。

「この地上を呑《の》み込《こ》む大輪の華……さぞ美しいのであろうな」

「必ずや、猊下にご覧に入れましょう」

その濁った瞳で彼方《かなた》を見やるシルヴェリオに、カルドメリアは恭《うやうや》しく一礼をした。

◆◇◆

「超────帰りたいんですけど！」

聖王庁から無事に帰還したウェインは、あてがわれた屋敷の一室にてそう叫んだ。

「帰るも何も、到着したばかりでしょ。選聖会議だってこれからなのよ？」

ニニムがいつものように横やりを入れると、ウェインは続けて言った。

「まさにそれなんだよ！　カルドメリアは相変わらずヤバそうだし、聖王も負けじとヤバそうだし、その二人と渡り合うヤバい連中も集まる選聖会議とか、もう確定でヤバさマックスじゃん！　そんなところに顔出さなきゃいけないとかどんな罰ゲームだよ！」

「道中で俺《おれ》を甘くみるなよカルドメリアとか言ってなかった？」

「正直無かったことにしたい！」

「ダメに決まってるでしょ」

ぐえー、とウェインは力なく呻《うめ》いた。

「そういえばフラーニャはどうしてる？」

「明日のパーティーに備えて先にお休みになったわ。今度こそウェインの代役をこなすって息巻いてたわよ」

小さく微笑むニニム。ウェインは苦笑する。

「そんな気合い入れなくてもいいんだがな。だがまあ、フラーニャの方に問題が無いならそれは朗報だ。俺は選聖会議に集中できる」

その時だ、外から扉を叩《たた》いて従者が顔を出した。

「殿下、ティグリス卿《きょう》の使いの者が面会したいと屋敷の前に」

ウェインとニニムは一瞬目を見合わせた。

「解った、通せ」

ウェインの返事を受け取り、従者はすぐさま使者を連れてきた。

「ティグリス様にお仕えするフシュトと申します」

ウェインの前に立った使者の男は、恭しく頭を下げた。確かに先日ティグリスと会った際に、彼の周りに侍《はべ》っていた人間だった。

「この度は主君よりウェイン王子への言伝《ことづて》と書簡を預かって参りました」

「聞こう」

「その前にお人払いを」

　フシュトの視線は傍にいるニニムへ向けられていた。

「彼女は俺の心臓だ。ここを離れる必要はない」

「恐れながら、ティグリス様の言伝は極《きわ》めて重要なものです」

「ならば尚更《なおさら》彼女に残ってもらわなくてはならないな」

「……」

　顔をしかめるフシュトに、ウェインは冷たい眼差しを向けた。

「俺の判断に異論があるなら去れ。そしてティグリス卿に伝えろ。同盟は無しだとな」

「……申し訳ございません。差し出がましいことを口にしました。お許しください」

　ティグリス本人ならばともかく、フシュトは使者の立場だ。同盟の破棄までチラつかされては、観念する他にない。フシュトは懐《ふところ》より書簡を取り出し、ニニムへと渡した。

　書簡の封蠟《ふうろう》はまさしくベランシアのもので、開封すると中にはティグリスからの文章と地図が記されていた。

「内容はそこに記されている通りです。明日の晩、地図にある郊外の廃館にて、三人目と共に会談を行うと」

「ほう、噂《うわさ》の相手か。何者だ？」

「申し訳ありません、そこまでは私も知らされておりませぬ」

「ティグリス卿はなかなかの秘密主義者のようだ。まあいい、委細承知したと卿に伝えてくれ」

「はっ。確かに」

フシュトは一礼すると、主君に報告するため、素早く部屋を出て行った。

それを見届けた後、黙って控えていたニニムがぽつりと言った。

「……あんな意地張らなくても良かったのに」

「意地じゃない。当然のことだ」

ウェインがわけもなく答えると、ニニムは嬉《うれ》しそうな、困ったような、そんな顔になって、しかし咳払《せきばら》いした後、すぐさま気を取り直す。

「とにかく、明日の夜に秘密会談が行われるわけね」

「みたいだな。ちなみにニニム、三人目は誰だと思う？」

ニニムは少し考えて、

「十中八九選聖侯の誰かだとは思うけれど……グリュエール王は違うみたいだし、ミロスラフ王子はスキレー王を推してるからこれも無いわよね」

「となるとそこからティグリスも除いて、聖王、シュテイル、アガタの三人か」

「聖王猊下は権勢を握っている側だから、こんな悪巧みに乗らないと思うわ。となるとシュテイル公とアガタ代表のどちらかが本命かしら。確かウェイン、シュテイル公に気に入られてたわよね？」

うへえ、という顔にウェインはなった。

「全く嬉しくないけどそうっぽい。……やだなあシュテイルと組むの。スキレーが番狂わせでティグリスに接近してたとかそんなオチにならないかな」

「そこまで言い出すとミロスラフ王子の線も出てくるかしら？　スキレー王が思いのほか制御できないから、見切りをつけて、みたいな」

「スキレーの代替としてなら、直接俺に接触してくるんじゃないか？　いや正当性の主張しやすいスキレーと違って、俺を推すなら単独じゃ難しいから手を組むって線も……うーん」

ウェインは腕を組んで唸《うな》る。なにせ相手は選聖侯。頭の中でいくつもの陰謀を巡らせながら信徒に笑顔を振りまくような存在だ。どんな意外な相手が待っていてもおかしくない。

「ウェインとしては誰が待ってて欲しいの？」

「話が通じて与《くみ》しやすそうなら誰でもいい」

「そんな人いるかしら？」

「いなさそうなんだよなあ……」

ウェインはぐったりとした。

そんな主君の姿に小さな笑みを零《こぼ》しつつニニムは言う。

「ちなみに福音局局長《カルドメリア》が待ってたら？」

「国に帰ります」

ウェインは迷いなく断言した。よっぽど嫌なのね、とニニムは苦笑した。

「まあ、さすがにあれと組もうとはティグリスも考えないだろうけどな。打算と合理が通じない手合いってのは、なかなか友達にしにくいもんだ」

「じゃあとにかく可能性の高いシュテイル公とアガタ代表の資料を検証しつつ、明日の夜を待つって方針でいい？」

「それで問題ない」

ウェインの返事を受け取り、ニニムは早速資料の用意に取りかかった。

◆◇◆

翌日の早朝。

「……んん」

あてがわれた屋敷の一室にて、普段よりも少しばかり早く、フラーニャは目を覚ました。

さらに普段と違うのは目覚めの刻限だけではない、いつものフラーニャならば、起きてもしばらくは眠気の残滓《ざんし》で微睡《まどろ》むところだが、今日の王女は一味違う。自らの頬《ほお》をぺしんと両手で叩くと、「まだ眠っててていいのよ？」と誘ってくるふかふかのベッドの誘惑を断ち切り、寝所から飛び出した。

「おはようございます、フラーニャ殿下。随分とご機嫌がよろしいようで」

「もちろん。今日は大事なお役目があるのだもの」

控えていた女官の手で身支度を調えられながら、フラーニャは鼻息も荒く応じる。

尊敬する兄に代わって、諸国の要人達と顔を合わせる。かつてミールタースで経験して以来、何度かこのような機会はあったが、その度にフラーニャはこんな調子だった。

「あんまり気張ると息切れするぞ」

身支度を終え、女官達が離れたところでひょっこりとナナキが顔を出す。

「大丈夫よ、今日はたっぷり寝たもの。これまでみたいに、心配だったり興奮したりであんまり寝付けなくて、力が出ないなんてことはないわ」

彼女の言葉は虚勢では無かった。体調はかつてないほど万全であり、それに伴って心も燃え上がっている。今日はやれる、という確信がフラーニャにはあった。

元気な分いつもより張り切れば、やっぱり息切れするのでは、とナナキは思ったが、特に問題はないので黙っておいた。

「それよりナナキ、今日の予定の確認をしたいから、お兄様のところに行きましょ」

「それは昨日散々確認しただろう」

「いいから」

理由は何でも良いから、出立前に兄に発破をかけてもらいたい、といったところか。半ばフラーニャに引きずられるようにしながら、ナナキはそんなことを考えた。

そして意気揚々なフラーニャと共に、ウェインの部屋に近づいた時だ。

「……フラーニャ、少し待て」

「うん？　なあに？」

怪訝な顔になるフラーニャを置いて、ナナキはウェインの部屋の扉をそっと開けた。

そして数秒ほど動きを止めた後、扉を閉めようとして、

「どうしたのよナナキ」

ナナキにのし掛かるように、ひょこっとフラーニャが顔を出して、部屋の中を覗《のぞ》く。

するとそこにはウェインとニニムの姿があり——

「この櫛《くし》に染料をつけて梳《す》けばいいのか？」

「ええ。でも指が汚れるわよ？」

「それぐらいどうってことないさ。ほらニニム、顔はそっちの鏡」

「はいはい」

どうやら、兄がニニムの髪を改めて黒く染め直そうとしているようだ、とフラーニャは理解する。

主君であるはずのウェインが、従者であるはずのニニムの髪を手に取り、優しく梳いていく。

表向きには絶対に有り得ない光景だ。

「まったく、自分でやった方が早いのに」

「まあまあ、一度くらいいいだろ」

「もう……」

得意げなウェインと、気恥ずかしそうなニニム。尊敬する二人の、普段は秘しているであろう親密そうな態度に、何だかいけないところを見てしまった気がして、フラーニャは僅《わず》かに頬を染めた。

「ええっと……お、お邪魔しない方がいいかしら」

「だろうな。あと重いぞフラーニャ」

「お、重くないわよ」

などと言い合っていると、

「こら、二人とも」

「みゃあ⁉」

当然ながら気づかれて、いつの間にかウェインが目の前にいた。

「そんなところで何をしてるんだ。入るなら早く入ってこい」

「は、はい」

ウェインにそう言われては否《いな》やは無い。フラーニャはギクシャクしながら部屋に入る。

ニニムは既に鏡台の前から部屋の隅に移動しており、フラーニャが視線を送ると、小さく微笑んで応じた。あう、とフラーニャは小さく鳴いた。

「それで、こんな朝早くにどうした？　フラーニャ」

「そ、その、今日の予定の確認をしようと思っていたのですけれど」

しどろもどろになりながら答えるも、ウェインは気にすることなく頷いた。

「そうだな。俺は屋敷で資料の検証。フラーニャは俺の代わりにパーティーに出席してもらう。そしてニニムは、今夜会合する場所の調査だな」

「今夜の会合？」

聞き慣れない情報にフラーニャは小首を傾げる。

するとウェインは、ああ、と得心して言った。

「そういえば昨日は早く眠ったんだったな。実は昨夜ティグリス卿の使いが来たんだ。それで今夜、例の三人目と話し合うことになった」

どこかのタイミングで、ティグリスと密会をするという話はフラーニャも聞いていた。しかしいざそれを目の前にすると、フラーニャの胸に不安がよぎった。

「その、お兄様、大丈夫なの？」

「危険はある。だが、それだけの価値もある」

「私も可能な限り不審なところが無いか調べますので」

ウェインとニニムの言葉に、フラーニャは小さく頷いた。不安が拭《ぬぐ》えたわけではない。しかしこの二人がやるというのであれば、それを信じるだけだ。

「まあざっくりとした方針はこんなところだな。フラーニャが出席するパーティーの重要人物については、ある程度リストアップしてあるから、それに眼を通すように。他に気になることはあるか?」

フラーニャはふるふると首を横に振る。

ウェインは小さく頷くと、そんな彼女の頭を撫《な》でた。

「今日は頼んだぞ。不安はあるかもしれないが、今のフラーニャなら立派にこなせる仕事だと俺は確信している」

「あっ……もちろんよお兄様! 私に任せておいて!」

フラーニャの表情がパッと華やいだ。どこかに飛んで行っていた元気が再び湧《わ》き上がる。そうとも、今日の自分はやれる王女なのだと、フラーニャは改めて奮起して、

「それじゃあニニム、続きをやるか」

「あら、いいの?」

「全然途中だったしな。……うん?」

何やら俯《うつむ》いてもじもじし始めた妹を見て、ウェインは怪訝な顔になる。

「どうした、フラーニャ」

「い、いえ！」

フラーニャは慌てて頭を振ると、傍にいたナナキの腕を引《ひ》っ掴《つか》んだ。

「ともかく話はすみましたので、そ、それじゃあ私はこれで……！」

そう言い残し、フラーニャは疾風《しっぷう》のように部屋を立ち去った。

「……何だったんだ？」

妹の謎《なぞ》めいた態度にウェインは首を傾げ、そんな二人の様子に、ニニムは小さく微笑んだ。

◆◇◆

（──さて）

ウェインとフラーニャの微笑ましい一幕から一転。

予定通りに出立したニニムは、まだ静かな都市の中を音もなく歩いていた。

フードを目深《まぶか》まで被《かぶ》りながら、足早に進む彼女の目的地は、今夜行われる密会場所だ。

単純な道筋はもちろん、現地に罠《わな》や不審な点はないか、万が一の際逃走経路はどうするか、下見すべきことは幾つもある。

（確か、この先だったわね）

都市ルシャンの郊外。逗留《とうりゅう》していた屋敷を出た当初は、寝静まっていたものの、人の営みが感じられる街並みだったが、郊外に近づくにつれてそれも薄れていく。

（ルシャンは発展に伴って都市拡張をくり返した結果、統治の及《およ》ばない区域が幾つも生じたと聞くけれど、この辺りもその一つみたいね）

中にはスラム化し、ろくでなしが住み着いている場所もあるという。髪を染めてフードも被っているが、自分は女でフラム人だ。余計な騒動に巻き込まれないためにも、周囲に気をつけながらニニムは目的地へ向かう。

やがて彼女は、大きな廃屋《はいおく》の前に到着した。

元は立派な屋敷だったのだろう。しかし今や風雨にさらされてボロボロだ。外装の一部に焼《こ》け焦げた跡や、炭化した部分が見受けられることから、失火によって放棄された建物が、その後も取り壊されることなく残っている、という経緯だろうか。

（少なくとも周囲にこれといったものは見当たらない、と）

あるのは石くれと雑草ばかり。長い間人の手が入っていないのは間違いないようだ。

ならば次は屋敷の中だ。ニニムは扉のない玄関口からそっと屋敷に踏み入ると、その内部を検分する。

（吹き抜けのエントランスホールから始まって、左右に通路、扉、階段、シャンデリア……）

屋敷の外と同じように、中も荒れ放題の有様《ありさま》だった。調度品などもほとんど残っておらず、残されていたとしても半壊しているようなものばかり。まさに廃屋だ。

こうなると逆に調査がしにくくなる。整然とした部屋の中だと、不自然な場所が浮いて見えることもあるのだが、こんな荒れ模様では不自然を探すどころではない。

本来ならば長い時間か、多くの人手が欲しいところだが、秘密会談の開催は今夜であり、またその性質上、あまり大人数を動員しては、周囲に不審なことをしていると気づかれかねない。

「とはいえ、弱音を吐いてはいられないわね」

ニニムはそっと視線を下ろす。映るのは、積もった埃《ほこり》の中に混じる人の足跡だ。慣れてくるとこういった痕跡だけでも、相手の意図というのは案外読み取れるようになる。雨風を凌《しの》ぐ宿を求めて入ってきた足跡、価値ある物を探してうろつく足跡、そして——自分と同じように、屋敷の内部を調査する真新しい足跡。

（ティグリス卿か三人目の手の者が、先んじて下調べをしてたってことね）

考えてみれば当然のことだ。そして彼らも少ない時間と手数で悪戦苦闘したことだろう。ならば自分もやれるだけのことやるしかない。ニニムは気合いを入れて調査を開始した。

◆◇◆

ウェインが情報の精査、ニニムが秘密会談予定地の下調べを行っている同時刻。

「ふにゃあ……」

フラーニャは、とある屋敷で開かれているパーティーにて、青息吐息《あおいきといき》の有様だった。

「大丈夫か？」

「何とか……でも想像以上だわ」

傍に控えるナナキの言葉に、フラーニャは力なく答える。

規模の大小こそあれど、選聖会議の開催と前後して、こういったパーティーは都市のいたるところで開かれていた。

選聖会議こそ選聖侯しか出席できないが、会議の補佐として選聖侯達は重臣なども引き連れている。商売人や有力者からすれば、彼らであっても繋がりを持つのに十分魅力的な相手だ。そこで選聖会議の間、時間的余裕のある彼らをゲストとして招待し持て成すのが、主催者側の目的であった。

かくいうフラーニャもゲストとして持て成される側だ。ナトラ王国を率いるウェイン王子の妹にして、ミールタースという都市での大仕事を筆頭に、国内外で名を広めつつあるフラーニャの下には、多くの有力者達が集まった。その結果が、この疲労困憊《ひろうこんぱい》な状態なのである。

「ええっと挨拶したのが四十……いえ、五十人？　名前がそれぞれ……」

ぶつぶつと出会った人の顔と名前を反芻《はんすう》するフラーニャ。先ほど人の波が途切れた隙《すき》に、人気の無いテラスに避難することができていた。しかし休んではいられない。脳をフル回転させて、記憶に叩き込まなくては。

「あれ、えーっと、三十番目くらいに挨拶した赤いドレスの御婦人の名前は……」

「マロリー婦人ですね」

「それ！」

フラーニャの問いに応じたのは、ナナキと同じく傍に控えていたシリジスだった。

「助かったわシリジス。よく覚えていてくれたわね」

「おおよそは覚えておりますので、必要な時はお声がけください。それと人の顔と名前は、顔以外の特徴も一緒に頭に入れると思い出しやすいかと」

「お兄様にも同じ事を言われたわ。覚える情報量は増えるけど手がかりも増えるから忘れにくいって……全然できないけれど」

むむう、と唸るフラーニャにシリジスは言った。

「些細《ささい》なこととはいえ、ウェイン王子と習慣を同じくしていたとは光栄です。もっとも、私の場合は元々見知った顔も少なからず、という側面もありますが」

ああ、とフラーニャは納得する。シリジスは西側の国の元宰相。それこそ失脚さえしていなければ、フラーニャと同じくゲストとして招かれ、有力者達に引っ張りだこにされていてもおかしくなかった立場だ。

（でもそれにしてはシリジスに声がかかったりしなかったけど……）

失脚したとはいえ元宰相。知己《ちき》もいるのならば個人的に声をかけられてもおかしくないと思うが、パーティー参加者の視線はフラーニャだけに注《そそ》がれていた。

そんなフラーニャの思考を察したか、シリジスは自嘲《じちょう》気味に笑った。

「人徳というのは地位で決まるものではない……人の顔は覚えられても、そんな当たり前のことすら全て失うまで気づけなかったとは、我が身の不甲斐《ふがい》なさを思い知るばかりです」

「……ええっと」

その全てを失わせた張本人の妹としては、なかなか反応に困るところである。

どうしたものかと思っていると、テラスに人が二人、現れた。

「フラーニャ殿下、こちらでしたか」

呼び声にフラーニャは慌てて居住まいを正し、それから目を見開く。

「まあ……コジモ市長！」

「お久しぶりです、殿下」

二人のうちの一人、初老の男性は柔和に一礼した。

彼の名はコジモ。大陸中央の商業都市、ミールタースの市長である。フラーニャは以前ミールタースに赴き、彼と交流した経験を持っていた。

「どうしてここに？　ここは西側の都ですのに」

「はっはっは、このような催しに顔を出さないようでは商人の名折れですからな。私以外のミールタースの商人達も、多くが押しかけているところですよ。ああ、公式には休暇を取っていることになっていますので、ご心配なく」

ミールタースは帝国の領地であり、市長たるコジモも帝国の人間になる。しかし商人にとってそのような道理など、売り物にならないガラクタのようだ。

「シリジス卿もお久しぶりです。フラーニャ殿下にお仕えしているとは聞いておりましたが、人生とは解らぬものですな」

コジモは今度はシリジスにも頭を下げるが、シリジスはそれを手で制した。

「……今の私は一介の家臣。礼を尽くされるほどの身では」

「なんの、相場の値崩れなど商いをしていればよくあること。そしてそういう時にこそ、真の価値を見抜く商人の眼が試されるものです」

コジモはそう微笑んでからフラーニャに向き直り、すぐ傍に立つもう一人の人物を示す。

「それとご紹介が遅れました。こちら、フラーニャ殿下を探していたというので、お連れした次第で」

「お初にお目にかかります、フラーニャ王女」

日に焼けた肌の青年は、柔和に微笑んだ。

「パトゥーラの首長をしている、フェリテと申します。以前、兄君のウェイン王子には随分と助けて頂きました」

「まあ！」

パトゥーラのフェリテ。ウェインから聞いた名前だ。以前兄がパトゥーラに赴いた際に、紆余曲折《うよきょくせつ》を経て彼と友誼《ゆうぎ》を結んだという。

「フェリテ様のお話はかねがね聞いております。まさかこんなところでお会いできるなんて」

「私もウェイン王子から妹君については伺っていました。噂に違わず可憐《かれん》でいらっしゃる」

お上手ですね、とフラーニャは照れたように微笑んだ。

「フェリテ様も選聖会議にご招待されたのですか？」

「いえ、ルシャンに来たのは代替わりの挨拶回りが目的ですね。各国の要人が集まっていますから、一度に色んな国の人と話せて助かります」

なるほど、とフラーニャは納得した。彼の父が急逝《きゅうせい》したことは聞いている。フェリテの目的は自分とほとんど同じのようだ。

「それともう一つ、ウェイン王子と会って話したいことがあるのです。不躾《ぶしつけ》なお願いは承知ですが、時間を割いてもらえるよう、ウェイン王子に取り次いで頂けませんか？」

「お兄様に、ですか？」

これにフラーニャは即断をできなかった。普段ならば二つ返事で頷いていただろうが、今回はウェインは選聖会議に集中する必要があり、自分はその補佐として居る立場だからだ。

「……それでしたら、私がまずお話を伺いましょう。選聖会議の最中、私が差配できることは私に任せると、お兄様から言われておりますので」

内心でドキドキしながらフラーニャはそう口にする。背伸びをしているという自覚はあった。しかしここで背伸びをせずして、どこでするというのか。もう、兄への手紙を宅配するだけの自分では居ないと、自分で決めたのだから。

「……なるほど、どうやら私はとんだ非礼を働いてしまったようだ」

フェリテは、フラーニャの顔をしばらくジッと見つめた後、微笑んだ。

「失礼しましたフラーニャ王女。それではお話しさせて頂きます。事はパトゥーラとナトラの貿易に関することです」

これに傍観していたコジモが言った。

「おっと、私は席を外した方がよろしいですかな？」

「いえ、構いませんよ。帝国も関《かか》わっていることですから」

フェリテは続けた。

「ナトラが帝国から輸入した品物を、我がパトゥーラに輸出していることはご存知ですね？この帝国の品が、少々パトゥーラで問題になっているのです」

「え、な、何か不備が？」

「逆です。とても品物が良いのです。おかげでパトゥーラの民から評判になっています」

この返答に、フラーニャは数秒ほど考えて、

「ええっと……それの何が問題なのでしょう？」

まるで理解できず、どういうことか、と首を傾げる。

だが商いを生業にしているコジモはさすが経験が違うのか、これだけでピンと来たようだ。

「……なるほど、金額と距離ですな？」

フェリテは頷いた。

「ナトラから輸入する帝国の品物はかなり高級です。なにせ帝国からナトラを経由し、さらに大陸を半周して北から南まで運ぶのですから、その分の経費が値段に上乗せされています。が、それを差し引いてもなお、人々が求めるくらいに良質なのです」

「それは……とても良いことに聞こえますが？」

未《いま》だに問題が見えないフラーニャ。するとコジモが言った。

「フラーニャ殿下、高いということは当然なかなか手に入らない、手の届かない民が出てきます。では彼らは諦《あきら》めるでしょうか？　いいえ、まずはこう考えます。もっと安く手に入らないか、と」

「……あっ」

ようやくフラーニャはハッとなった。

「パトゥーラは確か、帝国と仲が悪いと……」

「はい、歴史的な経緯から反目しています。言わばこれを歴史の距離、と表現しましょう。ですが帝国の品物がパトゥーラに流通することで、民は実利的な側面で帝国に魅力を感じるようになり、歴史の距離が急速に埋まりつつあるのです」

「となれば、密輸も増えているでしょうな」

「仰る通り。なにせ歴史の距離こそ遠いものの、物理的な距離でいえば、パトゥーラから北東に向かうだけですぐに帝国領に行き当たりますから。そこではナトラを経由するよりずっと安価に帝国の品物を購入できます」

フェリテは言った。

「我がパトゥーラにとって、ナトラとの取引は友好の象徴でもあります。これを蔑《ないがし》ろにする気はありません。しかしこのままでは帝国の密輸品で溢れ、ナトラ経由の品物が売れなくなるのも現実です。そこで今後の取引をどうするか、是非とも話し合わせて頂きたい」

「………………少しお待ちを」

フラーニャはシリジスの袖《そで》を引いて、フェリテ達から少し離れた。

（シリジス、これってかなりマズい気がするのだけれど）

（はい。控えめに申しまして、ウェイン殿下がパトゥーラから持ち帰ってきた成果の半分ほどが、今まさに吹き飛びかねない状況です）

みゃあ！　とフラーニャは声にならない悲鳴を上げた。

（ど、どうすればいいかしら⁉）

（……さすがにこの件はフラーニャ殿下の裁量の範疇《はんちゅう》を超えているかと。一旦持ち帰り、ウェ

イン殿下の判断を仰《あお》ぐべきです）

（で、でも、さっき偉そうに私が話を聞くって……）

（殿下、国の面子《メンツ》に拘《こだわ》ることは為政者の仕事の一つです。ですが、自らの面子のために国を巻き込むのは、三流の為政者のすることです。恥の一つも呑み込めなくては、器量良しとは言えません）

フラーニャは何かを言おうとして、ぐっと堪えた。

それからくるりとフェリテに向き直り、恭しく言った。

「……フェリテ様の要望は確かに承りました。この件は持ち帰り、兄と相談した上で、逗留している屋敷の方に後日フェリテ様をご招待したいと思います。そこで改めて話し合いできればと存じますが、如何《いかが》でしょうか」

フェリテはゆっくりと頷いた。

「解りました。ウェイン王子によろしくお伝えください」

それから彼は、固く唇を結ぶ少女に優しく告げた。

「そして一つ言わせて頂くのならば、フラーニャ王女は未熟かもしれませんが、聡明《そうめい》でもあるとお見受けしました。ウェイン王子が自慢するだけありますね」

「……ありがとうございます」

本来は駆け引きすべき相手にフォローされたことに、フラーニャは恥ずかしさと悔しさ、そして僅かな安堵《あんど》で心が一杯になった。

そんなフラーニャを、娘を見るような眼差しで見つめながら、コジモが明るく言った。

「さてさて、ここでの話し合いもすんだようですし、屋敷の中に戻りませぬか。いかんせん年寄りにもなると、秋の風は冷たく感じるものでしてな」

「そうしましょう。フラーニャ王女もさあどうぞ」

「は、はい」

二人に促されて、フラーニャは館へと戻る。

凹《へこ》んでばかりいられない。まだまだやるべきことがあるのだと、自分を叱咤《しった》しながら。

◆◇◆

結論から言えば、調査した範囲において罠や不審な場所は見当たらなかった。

無論全てを調査しきれたわけではない。見落としへの不安はある。しかし少なくとも大量の兵を隠せる場所や、罠が仕掛けられている場所は無かった。ガタついている建物が何かの拍子で崩れたりしないか、という不安はあるにはあるが。

そしてもしもの時の逃走経路なども確認し、仕事を終えたニニムは廃屋を後にした。今頃《いまごろ》ウェインは資料とにらめっこしているだろう。すぐに戻って手伝わなくてはと、ニニムは来た道を逆行する。

その時だ。

「……あれは」

もうじき人気のある区域に到着するといったところで、ニニムは道端に人影を見かける。

「おい爺《じい》さん、何黙ってんだよ」

「良いから金目の物を出しな」

どうやら身なりの良い老人に、二人の男が絡《から》んでいるようだ。

「……」

目立つべきではない。急ぎの用事もある。向こうに気づかれた様子もない。だから――

「仕方ないわね」

ニニムは、目立たぬよう急いで不意打ちを仕掛けることにした。

「うおっ⁉」

背後から音もなく男達に近づき、片方の男の腕を掴むと、勢いよく捻《ひね》り上げた。

「痛っ、な、なん」

何事かと男が眼を剝《む》く間もなく、ニニムは素早く取り出した短刀を首筋に突きつける。

「騒がないで」

首筋に伝わる鋼の感触に、肩の痛みも忘れて男は息を吞む。それを受けて、ニニムはもう一人の男を睨《にら》んだ。

「その人から離れなさい」

「て、てめえ……！」

「離れろと言ったわよ。お仲間を死なせたいの？」

有無を言わせぬ口調に男はたじろぎ、老人から一歩、二歩と距離を取った。

それを見てニニムは拘束していた男を突き飛ばし、老人と男達の間に割って入る。

「去りなさい。続けるなら血を見ることになるわよ」

「ぐっ、こ、この」

「よせっ。こいつ素人《しろうと》じゃねえ」

二対一とはいえ、勝てるとは限らない。勝てたとしても、ニニムの言葉通り血を見ることになるだろう。老人を襲って金品を得ようとするような連中に、それを許容する気概などあるはずもない。男達はニニムのことを口汚く罵《ののし》りながらも。すごすごと退散していった。

そしてその姿が完全に見えなくなったところで、ニニムはようやく警戒を解いた。

「大事ありませんか？」

振り向き、老人へ声をかける。

老人は白く濁った瞳をニニムに向けながら、ゆっくりと頷いた。

「……礼を言う。おかげで血を見ずにすんだ」

どういたしまして、とニニムは応じる。

「この辺りはあまり治安が良くないようです。口幅《くちはば》ったいことを言いますが、お一人で出歩かれるのは避けた方がよろしいでしょう」

「……私は毎朝この時間、少しばかり外を歩く。普段はもっと人のいない道を利用するのだが」

「なるほど、気まぐれから不運にかち合ったようですね」

「いいや、そうではない」

老人の声に凄《すご》みが生まれた。

「気まぐれ、などというものは私には起こりえない。だが今日、私は普段と違う道を利用し、くだらぬ連中に足止めされ、そこにそなたが現れた……」

老人は思い悩むように瞑目する。

どうしたものかとニニムが迷っていると、彼は言った。

「役目があるのであろう。行くが良い。私はじきに迎えが来るゆえ、案ずることはない」

「……それでは、お言葉に甘えて失礼します」

何やら釈然としないものの、自分にやるべきことがあるのは間違いない。

踵を返したニニムの背中に、老人の声が届いた。

「嵐《あらし》を巻き起こす者は一人ではない。汝《なんじ》、心せよ。じきに災いが訪れる――」

「ふーん、変な爺さんがいたもんだな」

ニニムの話を聞いたウェインは、気のない様子で応じた。

「あんまり興味無さそうね」

「何せ一大宗教のお膝元だしな、奇人変人なんて珍しくもないだろ。ニニムが怪我《けが》したわけでもあるまいし。……俺としてはむしろ、フラーニャが持ってきたフェリテの話の方が重要だ」

「奇人変人が珍しくないっていうのは完全に偏見だと思うけど……まあパトゥーラの件が気になるというのは同意するわ」

頷くニニムの横でウェインは呻いた。

「向こうの要望とそうなった経緯は実に納得なんだが、どうしたもんかな……」

「悩ましいところよね。ただ、ウェイン」

そこでニニムは前方を示す。

「今集中すべきは、こっちの方よ」

時刻は夜。

場所は早朝にニニムが下調べをした、あの廃屋の前だ。

これからここで、ウェイン、ティグリス、そして三人目による秘密会談が行われるのである。

「……ニニムの言う通りだな。こっちも同じくらい重要だ」

ウェインがそう言ったところで、

「お待ちしておりました」

声と共に姿を見せたのは、ティグリスの従者であるフシュトだ。

「ティグリスは?」

「先に中の方へ。もうお一方もおられるはずです」

フシュトは言った。

「それとティグリス様より、屋敷に入るのはお一人で、と言いつかっております。護衛は外で待つようにと」

この要求にニニムは顔をしかめたが、ウェインは手で制した。

「解った、異論はない。早速向かうとしよう」

そしてウェインは不満げなニニムを置いて、一人だけで廃屋の中に入る。

屋敷の中は薄暗かった。明かりなど一つも灯《とも》していない屋内にも拘《かか》わらず、薄暗い、ですむのは、穴の空いた壁から差し込む月明かりのためである。

しかし肝心の人影がそこにはなかった。

「ティグリス?」

闇《やみ》の中に呼びかける。するとしばらくして、返事は上方からやってきた。

「おお、ウェイン王子」

見上げれば吹き抜けの階上。二階通路の縁からティグリスが顔を出していた。

「そんなところで何をしてる？」

ウェインが問うと、ティグリスは答えた。

「いやなに、三人目が少しばかり強情でね。説得をしていたところだ」

「説得？」

「実を言うと、ウェイン王子と同盟を組むのに三人目はかなり慎重でね」

「……待て、まさかこの期に及んで三人目との話し合いが終わってなかったのか？」

「なあに、ここには来ているんだ。相手もその気があるのは間違いない。少し待っててくれ、すぐに連れていく」

なおも文句を言おうとするウェインの口撃から逃れるためか、ティグリスはささっと顔を引っ込めてしまう。

闇の中に取り残されたウェインは、不満げになりながらも仕方なく待つことにした。

そしてしばらく待っていると、

「うん？」

上から物音がした、と思った。

ついと視線を動かす間もなく、頭上から異音が響く。

それは、吹き抜けの間に吊《つ》り下げられていた朽ちかけのシャンデリアが、何かと衝突した音だった。

「なっ――」

驚くウェインの前で、シャンデリアを吊っていた鎖が切れ、シャンデリアは床に衝突する。

巻き起こる騒音と舞い上がる埃。飛び散る破片が月明かりを浴びて星々のように煌《きら》めき、それが落ち着いた時、ウェインは思わず目を見張った。

「ティグリス……⁉」

落下したシャンデリアの上。

そこにぐったりと横たわる人影は、紛《まぎ》れもなくティグリスだった。

「おい、大丈夫か⁉」

慌ててティグリスの傍に駆け寄り、その肩に触れる。しかしそこでウェインは凍り付いたように動きを止めた。

血。薄明かりの中でもハッキリと解るほどに、おびただしい血が彼からの体から流れ出ていた。血を吸った衣服は黒ずみ、彼の肉体を闇の中に呑み込もうとしているかのようだった。

死んでいる、とウェインはすぐさま理解した。死因は切り裂かれた喉《のど》からの失血死か。あるいは背中から心臓に向けて突き立っているナイフによるものか。胸元《むなもと》を固く握りしめる彼の瞳に力はなく、もはや彼が物言わぬ骸《むくろ》であることを否応《いやおう》なしに示していた。

「殿下！　何事ですか⁉」

物音を聞いてニニム、そしてティグリスの従者たるフシュトが飛び込んでくる。そしてウェインと、その傍に倒れるティグリスを見て、二人は目を剝いた。

「殿下！　お怪我は⁉」

「ティグリス様⁉　い、一体何が！」

ウェインに駆け寄るニニムとティグリスに駆け寄るフシュト。主君の状態を確認した二人の従者は、正反対の表情を浮かべた。

「な、何ということだ……こんな、こんなことが……」

フシュトは唇を戦慄《わなな》かせた。その瞳から悲哀と混乱が溢れ、それはすぐさま怒りの感情へと変貌する。

「ウェイン王子！　これは一体どういうことか⁉」

当然の反応だが、しかしウェインは首を横に振る他に無い。

「落ち着け、俺にも何が起きているのか解らん」

「解らない⁉　ティグリス様が死んだのだぞ⁉　それを解らないなど！」

詰め寄ろうとするフシュトの前に、ニニムはこめかみに汗を滲ませながら割って入る。

「フシュト殿、それ以上ウェイン殿下に近づかないでください。さもなければ拘束させて頂く」

「女ごときが口を挟むな！　ウェイン王子！　答えてもらおう！　一体何が起きたのだ！　まさか貴殿がこれをやったのか⁉」

「殿下、下がって！　フシュト殿、それより一歩でも前に出たら敵とみなします……！」

「二人ともよせ！　今はそれどころじゃ無い！」

とにかく二人を落ち着かせようと、ウェインは声を張り上げようとして、

「──全員、そこを動くな！」

三人の視線が一斉に屋敷の玄関口へと向いた。

そこにいたのは武装した十数人の男達。ならず者ではない。全員が統一された装備を身につけている。

「我らはルシャン警備隊である！」

男の一人が言った。

「この場所に不審な人間達が出入りしているという通報があった！　全員、無駄な抵抗はせずこちらの指示に従え！」

「──っ」

ウェインの顔に焦燥が走った。

秘密会談。

突然のティグリスの死。

図ったように現れたルシャンの警備隊。

事ここに至っては、もはや疑問の余地などない。

（ハメられた――――！）

そしてそう考えた瞬間、ウェインは決断した。

「ニニム！」

「こちらです！」

ウェインの意を即座に汲《く》んで、ニニムは床を蹴《け》った。そして館の奥へ飛び込む彼女の背中を、ウェインは迷わず追いかけた。

「待て！　どこへ行く⁉」

「逃がすな！　追え！」

フシュトと警備隊の声が背中に刺さるも、二人は意に介さず薄闇《うすやみ》の中を走り続ける。

「くそ！　どうしてこうなった！」

「どうやらしてやられたみたいね、ウェイン……！」

「ああ、本当にな！」

これが罠だとすれば、捕まることは避けねばならない。

そしてたとえここで捕まらなかったとしても、状況はかなり悪くなるだろう。

それらを踏まえた上で――ウェインは、傲然《ごうぜん》と笑ってみせた。

「誰の仕業《しわざ》か知らないが、この落とし前は必ずつけてやる……！」

◆◇◆

選聖侯ティグリス、殺害さる。

公式な発表が無いにも拘わらず、その噂は瞬く間に都市内部に広まった。

なぜ、誰が、どうして——錯綜《さくそう》する噂はもはや一個の生命体のごとくうごめき、選聖会議の開催ということでささやかなお祝いムードにあったルシャンは、一転してほの暗い囁き声が這《は》い回る都市となった。

もちろん、中には噂に過ぎぬと一笑に付す者もいた。しかしそういった者達であっても、城門が警備隊によって突然封鎖されたことや、被害者であるティグリスの館を筆頭に、あらゆる有力者の屋敷周辺の警備が一層厳重になった様を見て、少なくとも何かただならぬ出来事が起きていると認めざるを得なかった。

そして——

「なんということじゃ……」

当然ながら、ティグリスの死とそこにウェイン王子が関わっているという話は、すぐさまルシャンに集う各有力者の元にも届いた。

「父上！　一大事じゃ！」

そのうちの一人であるトルチェイラは、部下より報告を受けるや否や、取るものも取りあえずグリュエールの下へ駆け込んだ。

「ティグリス卿が殺害され、しかもそれをやったのがウェイン王子という報告が！」

「知っている」

部屋に居たグリュエールは、慌ただしいトルチェイラを見て小さく笑った。

「今し方、本人から聞いた」

「は？」

何のことかと、トルチェイラはグリュエールの前を見る。

するとそこに座る人影が一つ。それが誰かを理解して、トルチェイラは目を見開いた。

「ウェ、ウェイン王子⁉」

「おやトルチェイラ王女、奇遇ですね」

そこに居たのは、間違いなくウェイン・サレマ・アルバレスト本人だった。

何が奇遇なものか。ウェインはティグリス殺害の下手人《げしゅにん》として、ルシャン中に手配された渦中の人物。それがどうしてこのソルジェストの屋敷にいるのか。

「昨晩駆け込んできたのだ。先日の借りを返せと言ってな」

トルチェイラの疑問を察してか、グリュエールが言った。

「何が起きたか知らぬまま受け入れたが、まさかこれほどの騒動とはな。知っていたらさすがに叩き出していたかもしれん」

「いやあ持つべきものは借用書ですね」

「ふっ、そなたとの貸し借りは本当に命がけだな」

グリュエールはそう笑ってから、言った。

「で、やったのか？」

「やってませんよ」

なんだ、とグリュエールはつまらなそうに天井を仰いだ。

「将来的に相容《あいい》れぬティグリスを先んじて始末したのかとも思っていたが」

「私はそこまで挑戦的な人間ではありませんよ、グリュエール王」

「ほお、カバリヌのオルドラッセを始末しておいてか？」

「何を言うかと思えば。かの王を殺したのはルベール将軍というのが公式な見解でしょう？」

軽口をたたき合う両者だが、それどころではない、とトルチェイラが割って入った。

「王子がティグリスを殺していないというのならば、誰がやったというのじゃ？」

「まさにそこが問題です。最も怪しいのは、あの場にいたはずの三人目でしょう」

ティグリスの主導によって廃屋に招かれた三人。そのうちの一人が殺され、一人が自分なのだから、残る一人が犯人と捉《とら》えるのはごく自然なことだろう。

「ただその三人目が果たして誰だったのか……」

眉根《まゆね》を寄せるウェイン。相対するグリュエールも唸った。

「結局三人目については解らぬままなのか」

「ええ、ティグリスの様子からすると現地には居たようですが」

「それはなかなか厳しいな」

グリュエールは言った。

「ウェイン王子、ここに身を隠すのは構わん。しかしながら、猶予《ゆうよ》はあまりないぞ。選聖会議は延期するという通達が先ほどあったが、それも精々数日だろう。開催までにティグリス殺しの真犯人が見つからなければ」

「私が犯人にされる」

「そういうことだ」

なにせ選聖会議に招待された選聖侯が、招待された先のルシャンで死んだのだ。下手をすればティグリスの祖国であるベランシアがレベティア教から離脱、あるいは反旗を翻《ひるがえ》してもおかしくはない不祥事である。レベティア教からすれば、たとえそれが真実でなくとも、誰かしら犯人を発表して火の粉を押しつけなくてはいけないのだ。

(そして状況的に俺が犯人に一番近い上に、情勢的にも俺を犯人にするとレベティア教にとって都合がいい。選聖侯殺しを大義名分にして目障《めざわ》りなナトラを叩く格好の機会になる)

控えめにいってピンチだった。しかも数日以内にこれをひっくり返さなくてはならないのだから、ピンチの倍増しである。

「……参考までに伺いたいのですが、選聖侯の中でティグリス卿を恨んでいた人などに心当たりはありませんか？」

「ある。が、その線で三人目を探すのは難しいと思うがな。たとえばファルカッソのミロスラフ。ティグリスに国境沿いに兵を置かれ、まんまと挑発に乗せられた挙げ句に多数の兵を失ったことがある。連合代表のアガタは最近連合の結束にヒビが入りつつあるが、この離間工作にティグリスが噛んでいたという話だ。シュテイルを疎《うと》ましく思っているバンヘリオの国王と密《ひそ》かに交流しているという噂もあったか」

「ティグリス卿、少々手を広げすぎでは……」

「野心という名の獣の手綱を握り切れていなかった節はあるな。そこが私にとっては見てて飽きないところでもあったが」

　グリュエールも苦笑する。

「とはいえ、選聖侯ともなれば多かれ少なかれ因縁はあるものだ。アガタは連合の掌握のためにレベティア教の活動を抑制し、聖王庁と何度か衝突している。ミロスラフは先代が豪腕だっただけに、その反動で各所から狙《ねら》われている。かくいう私もバンヘリオ王国と外交でやり合ったことがあるな」

つまり感情にしろ国益にしろ、表向きは同じ選聖侯として手を結びながら、隙があれば潰しにかかる関係。それが選聖侯である、とグリュエールは語る。これは難航しそうだ、とウェインは思った。

そんな内心を見透かしたようにグリュエールは口を開いた。

「念のため言っておくが、私が手を貸すのはあくまで身を隠す場所の提供のみだ」

「理解しています。しかし更なる取引が望めないわけではないでしょう？」

「相応のものが提示できるのならばな。沈み行く船に金貨を積み込むような真似《まね》は、もはや道楽ですらあるまい」

「では参考までに、グリュエール王の言う相応なものとは？」

問いにグリュエールは数秒考えて、ふと傍らのトルチェイラに目を留めた。

「トルチェイラと婚約するのならば手を貸してやらんでもないが、どうだ？」

「この話は無かったことに」

思わずグリュエールは噴き出しかけた。

トルチェイラはムッとなってウェインを睨む。

「ウェイン王子、妾《わらわ》がそんなに気に入らぬのか？」

「いえ、そうではなくて、グリュエール王を義父とするのに抵抗が」

グリュエールは我慢できずに腹を叩いて爆笑した。

「……どうやら妾の打倒すべき最大の敵が判明したようじゃの」

「試練に臨む若人《わこうど》を眺めるのは一興だが、やはり最大の娯楽は己自身が試練となることだ。いいぞトルチェイラ、いつでも私に挑んでくるがいい」

にこやかに言葉のナイフを交わしだした親子を横目に、ウェインは窓の外を見る。

（さて、残された猶予で、どれだけ手がかりを集められるか……）

そしてそれは、都市ルシャンを密かに奔走している、自らの心臓にかかっていた。

◆◇◆

「――状況は？」

ルシャンに幾つもある、人気の無い路地の一角。

そこに今、フードを目深まで被った人間が二人、影に潜むようにして並んでいた。

「殿下は無事よ。今はソルジェストの館に身を寄せているわ」

そう口にしながら、フードの奥から赤い瞳を覗かせるのはニニムだ。

「そっちは？　ナナキ」

「フラーニャを筆頭にだいぶ動揺してる。まあ無理もないな」

もう一人の人物、ナナキは淡々と答えた。

「俺が戻ってウェインの無事を報告すれば多少は落ち着くだろう。ただそれも一時凌《いちじしの》ぎだ。屋敷の周囲は警備隊に囲まれて、誰も出入りを許されてない。この状況が続けば、暴発は避けられないな」

慣れぬ異国の地で、主君が殺人容疑で手配され、自分達は軟禁されているのだ。随員の心身にかかるストレスは相当なものだろう。

「できるだけ早く解決しなくちゃいけないわね……問題は、誰が三人目かだけれど」

「それについてだが、いくつか気になるところがある」

「聞くわ。何？」

「一つは警備隊の動きが迅速すぎる。俺達の屋敷の包囲もそうだが、同じくらい素早く都市も封鎖して内外の出入りができないようにしてる。名目はティグリス殺害犯を逃がさないためだが、事前に準備してたみたいな手際の良さだ」

「単純に練度って可能性もあるけど……気になるところね」

「それともう一つ、合流前に少し調べた。当日の夜に所在が判明していた選聖侯は三人。グリュエール、シルヴェリオ、ミロスラフだ」

「内容は？」

「グリュエールはパーティーに、シルヴェリオは式典に、ミロスラフはスキレー王のいる館に足を運んだのが確認されている。ミロスラフに関しては密かに館を抜けた可能性はあるけどな」

「そのミロスラフ王子を含めても、残る候補はシュテイル公爵、アガタ代表の三人。そのうちの誰かがあの時廃屋にいた可能性が高い、と。その上で――」

ニニムは懐から棒状のものを取り出す。

「さっき現場に潜り込んだ時に見つけたわ、これをどう思う？　ナナキ」

「……ナイフの鞘《さや》か。乾いた血と……刻まれてるこの紋章は……」

「ウルベス連合」

ニニムは言った。

「アガタの都市が掲げる紋章よ」

◆◇◆

ウェインの所在が知れなくなってからというものの、フラーニャから落ち着きという言葉は失われた。

「うぅ～……」

小動物のように呻きながら部屋をうろつき、座り、しばらく思索した後にまた立ち上がり、部屋をうろつく。そんな動作を何度もくり返し続け、ただ時間を無為に過ぎ去らせていく。

様子を見に来た随員達からは落ち着くように、安心するようにと何度も声をかけられた。しかしそのどれもがフラーニャには効果がなかった。

「シリジス、ナナキはまだ戻ってこないの？」

「現在のところ、連絡も何もありません」

焦燥の込められた問いに、シリジスは淡々と答える。フラーニャは、そう、と小さく答えながら、部屋の中をうろうろと動き回る。

その様子をシリジスは眺めていたが――不意に、小さくため息を吐いた。

「自《おの》ずと我に返ってくださるかと思っておりましたが、そうはならぬようですな」

「なに？　何か言った？」

主君の苛立《いらだ》ちに満ちた眼差しに、しかしシリジスは臆することなく告げた。

「恐れながら殿下、殿下がどれほどここで思い悩まれようと、ウェイン王子のご帰還には何ら影響を及ぼしません」

「そっ……！」

フラーニャは一瞬激昂《げきこう》しかけ、しかしすんでのところで思いとどまり、近くの椅子《いす》にふらふらと腰掛けた。

「……解ってるわよ、そんなこと」

フラーニャは言う。

「けれど、お兄様の心配をしちゃいけないっていうの？」

苦しい顔から零れたそれは、縋《すが》るような問いかけであり、

「いけません」

シリジスは、一切《いっさい》の容赦なく切り捨てた。

「市井《しせい》の者ならば家族を心配し、無事を祈ることに腐心するのは美徳でありましょう。しかし殿下は一国の王女であり、ウェイン殿下が不在の今、この使節団の代表であらせられる。兄君の支えとなりたいという思いが偽りでないのならば、殿下は使節団を導くという大任を全うせねばならないはずです」

「…………」

シリジスの言葉は、その一語一句がフラーニャの胸に突き刺さった。

沈黙は長く続いた。シリジスは何も言わなかった。目の前で座る小さな少女が、新たな一歩を踏み出そうとするのを、待ち続けた。

そして、

「……シリジス、意見を頂戴《ちょうだい》。私は具体的に何をすればいいと思う？」

使節団の代表としての問いに、シリジスは恭しく一礼し答えた。

「まずは湯で濡《ぬ》らした布でお顔を拭われるとよいでしょう。その後、使節団の一人一人にお声をおかけくださいませ。殿下のお言葉を授かれば、皆も団結してこの窮地にあたれましょう」

「……そうね、こんな顔じゃ皆の前には出られないわ」

フラーニャは小さく笑った。吹っ切れたような、そんな笑みだった。

「髪と服も少し整えなきゃいけないわね。シリジス、衣装役を呼んできて」

「かしこまりました」

フラーニャの指示を受けてシリジスは部屋を出た。

廊下を歩きながら、彼は呟く。

「……この私が、今更子供を導く役柄とはな」

自嘲の笑みを浮かべ、しかしそれもすぐに打ち消す。

「問題はここからだ。果たしてあの王子が、この状況を覆《くつがえ》せるか……」

もしも王子が無事に戻らなければ、あの小さな王女が固めた決意も砂のように崩れ去ることだろう。無論、先ほど自身が言ったように、自分がどれほど思い悩もうとも、王子のすることに影響を及ぼすはずもない。しかしそれでも、王女が涙するような事態にはなってくれるなと、シリジスは願った。

◆◇◆

そして二日後、中止されていた選聖会議の開催が、改めて告知された。

聖王庁の深奥には、一つの離宮がある。

離宮の中の広間は完全な円形であり、その中心には円卓が据えられている。この二つの円はレベティア教のシンボルたる重ねられたサークルを示すものだ。この離宮こそ、古来より選聖侯達が会議を行う由緒正しい場所であった。

その円卓の席に、今、七人の人間が座していた。

ソルジェスト王国国王、グリュエール。

ファルカッソ王国王子、ミロスラフ。

ウルベス連合代表、アガタ。

バンヘリオ王国公爵、シュテイル。

聖王、シルヴェリオ。

聖王の隣に福音局局長カルドメリア。

ミロスラフ王子の隣にカバリヌ王国国王、スキレー。

彼らこそ今回の選聖会議に集まった、西側諸国の顔役である。

「――皆様、ようこそお集まり下さいました」

広間にも拘わらず、ひりつくような空気で満たされる中、カルドメリアが口を開いた。

「少々アクシデントがありましたが、皆様のご協力によってこうして選聖会議を開くことができたこと、まずは福音局局長として厚く御礼《おんれい》申し上げます」

カルドメリアのこの言葉に、しかし選聖侯達は白けた反応を見せた。

「選聖侯ティグリスの死という大事件を、少々のトラブルですませるとは。福音局局長になるには常識と良識を捨てる必要があるということかな」

真っ先にミロスラフがそう皮肉を口にし、

「言うまでもないが、ここルシャンの管理は他でもない福音局が責任を負うところ。にも拘わらず選聖侯を死なせた事実は軽くはないぞ、カルドメリア」

グリュエールが試すような視線を向けて追随する。

だが、この程度で揺れ動くカルドメリアではない。

「もちろんですとも。ティグリス卿がルシャンで亡くなられたことは私の不徳の致すところ。この責任は痛感しております。ですがその上で申し上げましょう――この選聖会議の前では些事《さじ》であると」

選聖侯達の視線がにわかに鋭くなった。

「些事、とはどういう意味かなカルドメリア殿」

アガタが問いを投げると、カルドメリアは言った。

「今、大陸が揺れていることは皆様もご存知の通り。帝国の動乱から始まり各国で火種は燻《くすぶ》り、最近は東レベティア教の勢力も無視できなくなりつつあります。だからこそ西側に強い影響を及ぼす選聖会議の重要性が、かつてないほど高まっていると私は考えています」

「……選聖侯一人の命よりも、この選聖会議の趨勢《すうせい》の方がよほど大事であると」

「まさしくその通りです、アガタ卿。選聖侯の皆様方も、民の安寧のためにその身を捧《ささ》げる覚悟を当然持っておられましょう。ならば選聖侯の席が一つ欠けたことよりも、欠けてもなお選聖会議を開催できたことを喜ぶのが道理かと存じます」

「「…………」」

選聖侯達は黙りこくった。ここで真正面から否を突きつけることは、さも民よりも自分の命を優先したようにも見える。それは少々よろしくない流れになると、全員が理解しているのだ。

その反応を予期していたのだろう。カルドメリアはにっこりと微笑んで続けた。

「まして、ティグリス卿を殺害した犯人の目星はついているのですからね」

「……噂のウェイン王子ですね」

シュテイルが憂うように口を開いた。

「本当なのでしょうか？　あのウェイン王子がティグリス卿を手にかけたなど」

するとミロスラフが鼻を鳴らした。

「現場にいて逃亡したのだろう？　それで今も行方《ゆくえ》知れずときてる。これで違うという方が無理筋ではないか！」

アガタは小さく唸る。

「……直接手を下したところが目撃されたわけではないと聞くが、カルドメリア殿、その辺りはどうなっている？」

「アガタ卿の仰る通りです。ティグリス卿の配下から話を聞きましたが、ティグリス卿とウェイン王子が廃屋の中で待ち合わせを行い、異音を聞いて飛び込んだところ、死んでいるティグリス卿とその傍にいるウェイン王子を目撃したと」

「状況証拠としては十分だ！」

ミロスラフは言った。

「どうせ二人でこそこそとくだらぬ陰謀を巡らせようとしていたのだろう。挙げ句決裂して片方が殺された。それだけの話だ。そんなことよりさっさと次の議題に移るべきではないか！」

するとグリュエールがにやにやと笑いながら横やりを入れる。

「随分と先を急ぐではないかファルカッソの王太子。まるで議論をされては都合が悪いようにも聞こえるぞ」

「なっ……!?　馬鹿《ばか》げたことを！　解りきったことに時間を割くよりも、他の有意義な話し合いをすべきであろう！　それとも北の獣王殿に人の理屈は通じないか!?」

「有意義な話し合いというのは、横に座るスキレー王絡みのことか？　おお、悲しい話だ。死んだ仲間を悼むより、空いた席に誰を押し込むかの方が大事とは」

「ぐ、き、貴様……！」

言いつのるミロスラフだが、そこでシュテイルもまた持論を口にする。

「私としても、もう少し議論をしたいですね。ティグリス卿は芸術への理解こそありませんでしたが、力強い魂を持つ方でした。その輝きがどのように奪われ、砕けたのか。その様を知ることができれば、ああ、きっと私の創作活動の役に立つ……！」

「……しかし話し合おうにも、手がかりが」

アガタが言うと、グリュエールが笑って応じた。

「その点については安心するがよい。もうじき到着する」

「到着？」

何の話かと選聖侯達が眉根を寄せる中、それまで黙っていた聖王シルヴェリオが、不意に広間の出入り口へと視線を向けた。

そしてシルヴェリオが見つめる中で、出入り口を隔てる扉が押し開かれ、一人の人物が姿を現した。

「――やあ皆様お揃《そろ》いで。何人かは既にお目に掛かったこともありますが、改めましてご挨拶をしましょう」

その場に居る全員の視線が注がれるのを感じながら、彼はにっと笑って言った。

「ナトラ王国王太子、ウェイン・サレマ・アルバレスト。……遅ればせながら、選聖会議に参上しました」

◆◇◆

（そろそろウェインは選聖会議に顔を見せてる頃ね）

路地の片隅から聖王庁を見つめながら、ニニムは小さく息を吐いた。

（ここ数日で可能な限り情報は集めたわ。結論として、三人目は十中八九アガタ。……ただどうしても、確たる証拠は出てこなかった）

これでは正当な手順でアガタを糾弾することは難しいだろう。

ゆえに残された道は、ウェインがいかに選聖侯を味方につけられるかにかかっている。

西側諸国の最高権力者である選聖侯。彼らが黒といえば白だろうと黒になる。その集まりたる選聖会議においては、真実などに価値はない。その結論で誰がどう利益《りえき》を得るかどうかで全ては決定されるのだ。

ゆえに、人を騙《だま》し、惑わせ、間違った結論に誘導させるウェインの手管が、今回も発揮されることを祈るしかない。

（それにしても……）

ニニムの脳裏《のうり》に別れ際の様子が浮かぶ。

集めた情報の精査を終えたウェインは、一つニニムに質問していた。

(あれはどういう意味だったのかしら)

今思い返しても、あの問いの意味は謎だ。

一体あの情報にどういう価値があるというのだろうか。

廃屋の二階の廊下から、吊り下がっていたシャンデリアまで、どれぐらいの距離があったかなどと――

◆◇◆

突如姿を現したウェイン。

それに対して、シルヴェリオに次いで反応を示したのは、ミロスラフだった。

「貴様、どの面を下げて！　衛兵！　奴《やつ》を捕らえろ！」

声を荒らげて兵を呼ぼうとするが、それをウェインは手で制する。

「あー……ミロスラフ王子でよろしいか？　失礼ながら、貴方にここの兵を動かす権限はない。更に言えば、私が衛兵に束縛されるいわれもない」

「なっ……！」

「なぜならばここは聖王庁であり、ここを管理するのは聖王、もしくは福音局局長だからです。そして私を選聖会議に招待したのは聖王その人であり、それは未だに取り消されていないと認識していますが、いかがでしょう？」

「そういえば、確かに取り消していませんね」

苦笑を浮かべてカルドメリアは言った。

「なるほど、招待されたのだから姿を見せた。これについてどう思われますか？」実に道理ですね。しかし同時に貴方はティグリス卿殺害の容疑者でもあります。これについてどう思われますか？」

ウェインは何食わぬ顔で円卓の席につきながら答えた。

「ああ、何やらそのような誤解が蔓延《まんえん》しているようですね。いや選聖会議への準備をしている間にそんなことになっていたとは、驚きましたよ」

「誤解？　誤解だと⁉」

ミロスラフがウェインに食ってかかった。

「ウェイン王子！　貴殿はティグリスの殺害を否定《ひてい》するというのか⁉」

「もちろんです。私は彼が死にゆく時、たまたまその場に立ち会っただけのこと。ティグリス卿を手にかけるなど、とてもとても」

「ならば聞くぞ！　貴殿以外の一体誰がティグリスを殺したというのだ！」

「それはもちろん――」

ウェインはチラリとアガタを見た。

視線を浴びたアガタが一瞬射竦《いすく》められたように身を強《こわ》ばらせる。

その反応に満足した上で、ウェインは言った。

「帝、帝国の刺、刺客です、とも」

◆◇◆

「――帝国の刺客ですとも」

ウェインの口から発せられたその言葉を耳にして、アガタは安堵よりも先に戸惑いを得た。

(私が三人目だと、気づいていないのか……？)

ティグリスの呼びかけに応じ、あの廃屋に集まった三人目。

それは紛れもなくアガタであった。

警備隊の狙いがウェインに集中したこともあり、辛くも廃屋から逃げ延びたものの、痕跡を完全に消せたわけではない。調べられれば、自分があの廃屋に居たことはバレると思っていた。

それゆえに、糾弾された際にどう言い逃れるかも熟考していたのだが、出てきたのがまさかの帝国である。

(……いや、違う)

あの一瞬の視線。間違いなくこちらが三人目だと解っていた眼だ。しかし、だとすれば――

（……まさか、あのことにまで気づいているのか!?）

アガタが見つめる先で、ウェインはにっと笑った。

◆◇◆

（ああ、気づいてるとも）

ウェインは確信していた。

（三人目はアガタでも、ティグリスを殺したのが別にいるって可能性にな……！）

そもそもウェインは最初から違和感を抱いていた。

三人目が誰にせよ、人知れず廃屋での会合ともなれば、ティグリスは最大限の警戒心を抱いていたはずだ。にも拘わらず、無惨《むざん》にも暗殺された。それは完全に虚を突かれなくては起きえないことだろう。

さらに言えば、三人集まっているという状況が犯行には最悪だ。仮にウェインが死ねばティグリスかアガタが、アガタが死ねばウェインかティグリスが犯人になり、殺害していない方が自動的に犯人を認識することになる。今回はティグリスが秘密を徹底していたが、もしも何かの拍子にアガタであることを示唆、あるいは明言していれば、ウェインはすぐさまアガタの身柄を押さえに走ることもできただろう。これならば、二人だけの機会を作り殺害した方がよほど安全である。

こうなると、自然と可能性が生まれてくる。あの場には、招かれざる四人目が居たのではないかと。

「ではまず、なぜ私があの夜、あの廃屋に行ったのかご説明しましょう」

そんな内心を秘めたまま、ウェインは選聖侯達に向かって悠々と解説を始めた。

「選聖会議の前に、秘密裏に会合を設けたい。この話を持ちかけてきたのは、ティグリス卿からでした。これについては恐らく、彼の配下からも証言が取れるでしょう」

ミロスラフがウェインを睨む。

「何についての話し合いだ？」

「それが実は知らされていなかったのですよ。ただ、私とティグリス卿以外に、三人目がいることを告げられていました。名前は明かしてもらえませんでしたが」

「何も知らずにのこのこと会合を？　ふん、噂のウェイン王子は、聞きしに勝る蛮勇を持っているようだな」

「いや全く、おかげで冤罪《えんざい》を押しつけられてしまいましたからね。反省していますよ」

ミロスラフの皮肉も、ウェインは肩をすくめて受け流す。

「話を戻しましょう。私は時間通りに廃屋に向かいました。すると二階からティグリス卿が三人目を呼んで来ると言って姿を消したのです。そして私が彼が戻ってくるのをしばらく待っていると、上からティグリス卿の死体が降ってきたのです」

シュテイルが手を上げた。

「ウェイン王子、三人目の姿は確認しなかったのですか？」

「恥ずかしながらティグリス卿に駆け寄るのに頭が一杯で」

これにミロスラフが噛みついた。

「都合の良い話だな！　三人目というのも出任せではないのか⁉」

しかしカルドメリアが口を挟む。

「いえ、三人目が招待されていたという話は、ティグリス卿の配下からも証言を得ています。つまりウェイン王子はその三人目が、帝国の刺客であるというのですね？」

「まさしくその通りです」

無論、嘘《うそ》である。

あの場に帝国の刺客など存在しない。四人目は、間違いなく選聖侯の手の者だ。

四人目を手配した人間の狙いは解っている。集まった三人の内一人を殺害することだ。優先度こそあったかもしれないが、恐らく誰でも良かったのだろう。なぜなら手配した人間にとって、集まっていた三人とも邪魔だからだ。

しかし三人全員を殺すことはできない。そうなればさすがに問題が大きくなりすぎる。だから一人殺し、残った二人に互いを犯人と誤認させ、潰し合う様を眺める。どちらが犯人になろうとも、四人目にとっては利益しかない――

(――なんてシナリオだったんだろう？　カルドメリア)

　福音局局長カルドメリア。

　彼女こそ四人目を紛れ込ませた黒幕であると、ウェインは確信していた。

(俺がレベティア教にとって脅威であることは語るまでもない。ティグリスの野心は聖王の座を狙っていた。アガタも都市運営で聖王庁と衝突しているという)

　カルドメリアからすれば、三人が三人とも、死んでもらった方が都合のいい相手だ。ゆえにあの深夜の会合は、彼女にとって絶好の機会だったのだろう。

(ルシャンは奴のお膝元だ。俺達が廃屋に集まることも、その廃屋に繋がる隠し通路や秘密の部屋の存在を知っていてもおかしくない。あのタイミングで警備隊を現地に派遣できる立場でもある。迅速すぎる都市封鎖もカルドメリアが犯人なら当然だ)

　ウェインは内心で小さく笑う。

(それでいて事件後の現場の警備はなぜか薄く、忍び込んだニニムが偶然にもアガタに繋がる血の付いた鞘を見つけられた？　散々調査されただろうに、誰も発見していなかったってわけか？　そんな馬鹿な話があるかよ)

　全てはウェインとアガタを潰し合わせようとする仕込みだ。ウェインがグリュエールの館に身を寄せていたこともカルドメリアは知っていただろう。その上で泳がせていたのだ。

「ウェイン王子よ、姿を見ていないのになぜ三人目が帝国の刺客と断言できる？」

グリュエールが含み笑いを浮かべながら問いかける。ある程度事情を知る彼にとってみれば、帝国陰謀説は笑いを誘うのだろう。

「単純な話です。なぜ私が会合相手として選ばれたのか。そしてティグリス卿が死んで得をするのが誰か？　この二つを重ね合わせれば、自ずと答えが浮かび上がります」

「どういうことだ？」

「――帝国と手を結び、さらに我がナトラを取り込むことで、選聖侯の中に親帝国派ともいえる派閥を作ること。それがティグリス卿の狙いだったのですよ」

ざわめきが円卓に広がった。

西側諸国にとって帝国は仮想敵国。もちろん近隣の国にとっては無視できない交易相手でもあるのだが、ほとんどの西側諸国において、帝国との交流は表立って行わないことが暗黙の了解となっている。

「なるほど、有り得る話だ。奴は随分と他の選聖侯にちょっかいをかけていたからな。このままでは孤立すると考え、帝国との繋がりに活路を求めたか」

感心するようにグリュエールは呟いた。

無論これはウェインの出任せであるのだが、実際のところ、ティグリスが帝国と接触しようとするのは十分可能性がある。だからこそ、この嘘には確かな説得力があった。

「帝国と手を結ぶなど、重大な裏切りだ！　許されないことだ！」

ミロスラフが声を荒らげる。大陸中央を隔てる大山脈にある三つの公路の内、南の公路と面しているのがミロスラフのファルカッソ王国だ。必然、帝国と何度となく戦いを繰り広げてきた経験を持つ。彼にとってみれば帝国は憎き仇敵《きゅうてき》なのだ。

「しかしティグリス卿の計画はあえなく失敗しました。結ぶはずの帝国の人間に裏切られ、殺されたのです」

「そこが解りませんね」

カルドメリアが言った。

「可能かどうかはともかく、親帝国派の芽を潰す必要が帝国にありますか？」

「長期的に見れば悪手でしょう。しかし帝国の情勢が長期的な展望を許さなかったのだと考えられます。帝国は自国の混乱につけ込まれないために、短期的に西側諸国の安定を脅かす方を選んだのです」

ウェインは言った。

「ルシャンでの暗殺を選んだのも理由があります。選聖会議という晴れ舞台で実行した方が、選聖侯の権威にも深い傷がつけられるからです。また、責任者であるカルドメリア殿の失脚も狙えましょう。向こうの皇族、特に皇女ロウェルミナなどは、卑劣《ひれつ》と卑怯《ひきょう》から生まれた悪徳の権化のような人物ですから、こういったアイデアなら息をするように浮かぶはずです」

ロウェルミナがこの場にいたら「おっりゃあああ！」と叫びながら鏡を叩き込んできそうだが、居ないのでウェインは当たり前のように彼女を貶《おとし》めた。

ついでに言えば、この帝国陰謀説が受け入れられたとしたら、恥知らずにも帝国と結ぼうとして失敗した愚か者として、ティグリスの名誉も傷がつくことだろう。しかしウェインは全く気にしなかった。死者に名誉は必要ないということもあるが、何よりティグリスのためでもあるからだ。

（シャンデリアと一緒に死体が落ちてきた時、違和感があった。ニニムに確認してもらって解ったよ。……ティグリス、お前、自分からシャンデリアに飛び込んだんだな）

廃屋のエントランスホールの中空に飾られていたシャンデリアは、普通に二階の縁から落ちたのでは絶対に到達できない場所だ。縁から自力で跳ぶか、三人か四人がかりで投げなければ届かない。そして複数人の気配が真上にあれば、さすがにウェインは気づく。

だからティグリスは自分で跳んだのだ。何のために？　それは跳ぶ瞬間まで、自分が意識を持っていたという証明をするためである。

（ティグリスは喉を切り裂かれ、背中にナイフを突き立てられていた。間違いなく、最初に不意を打たれて喉をやられたんだろう）

喉元を走る灼熱《しゃくねつ》の衝撃に、ティグリスは何を思ったか。驚き、戸惑い、恐怖、怒り——いいや、全て違う。自分には解る。ティグリスが抱いたものは、意地だ。

ティグリスは即座に気づいた。四人目の存在に。それがカルドメリアの手の者であることに。だから彼は走った。階下で待つウェインに、四人目の存在を伝えるために。

そこにあるのは友情などではなく、同盟の義理でもない。カルドメリアに勝ち逃げされまいという、最後の意地。切り裂かれた喉は声が出せず、投げ放たれたナイフが背中に刺さった。それでも彼は止まらず、死の寸前に跳躍した。胸元を固く握りしめて。

切り裂かれた喉でもなく、ナイフのある背中でもなく、なぜ胸元を握ったのか。

当然、胸が苦しいからなどという理由ではない。彼が握りしめたのは、首から提げられているレベティア教のシンボル——サークルだったのだ。

それこそ彼の意地の果て。敵がレベティア教の象徴的存在、すなわち聖王とカルドメリアであるという最後のメッセージだった。

（ティグリス、生きてたらいずれ殺し合ってただろうが、幸か不幸か同盟を組んだままお前は死んだ。……だったら、墓前に添える花を一つ、お前のためにもぎ取ってやるさ）

そのためにも、ここで一気に畳みかける。

「いかがでしょう、アガタ卿。私の説明に納得して頂けましたか？」

「むっ……」

突然話を振られ、アガタは僅かに怯《ひる》んだ顔を見せた。

ミロスラフやシュテイルなどは、なぜここでアガタに、という疑問を浮かべる。しかしアガタにだけはウェインの意図が伝わっていた。お前が三人目だったことは無かったことにしてやる。だからこっちの話に乗ってこい——ウェインはアガタに向けて、言外にそう告げているのだ。

「……いささか想像で補っている部分が多いようには感じる」

そう前置きした上で、アガタは言った。

「しかし、神ならぬ身ならば全てを知るよしもない。……信じよう、貴殿の言葉を」

アガタの返答で、会議の潮目に変化が生まれたのをウェインは感じた。

ただでさえ選聖侯の人数が減っているのだ。一人の賛同を得られるだけでも効果は大きい。

ならばとウェインは視線を次のターゲットに滑らせる。

「ミロスラフ王子はどうでしょう？」

「馬鹿を言うな！　先ほどから自分に都合の良いことを並べてるようにしか聞こえん！　こんなものでどうして納得できる！」

全くミロスラフの指摘通りなのだが、ウェインは強気に答えた。

「そう思われるのならば仕方ありませんね。ですが私も名誉とナトラの未来がかかっています。あくまでも私がティグリス卿を殺害したと仰るのでしたら、どんなに時間をかけてでも抗弁させて頂きましょう」

これにミロスラフは僅かに動揺の気配を見せた。

ミロスラフにとって今回の選聖会議の本題は、スキレー王を選聖侯にすることだ。ティグリス殺しの犯人捜しなどというのは完全な予定外である。

もちろんミロスラフにとってウェインは目障りな相手だ。若く、才能があり、憎い帝国と公然と繋がっているのだから、これを排除できるのならば議論の価値は認められる。——が、それも本題を邪魔しない範疇ならばの話になる。

(こんなことで時間を取られて、もしもスキレー王の選聖侯就任が流れれば……)

スキレー王の件はミロスラフが主導したものだ。他の選聖侯からすれば選聖侯就任が流れても大して痛くはない。いや、隙さえあれば流してしまおうとすら思われている。あまり悠長なことはしていられない。

(ぐ、ぬ……)

ウェインの糾弾を続けるべきか、切り替えてスキレー王の話まで進めるか。ミロスラフの心は波のように揺れた。

「ミロスラフ王子」

不意に横から呼びかけられ、ミロスラフは我に返る。隣に座るスキレーがミロスラフに対して疑心の混じった強い視線を向けていた。

(ここでウェインへの追及を選べば、信頼が崩れるか……!)

ミロスラフとスキレーで協力し、選聖会議で発言力を得ようというのが計画の発端だ。ここでウェインを糾弾し追いやって、スキレーが選聖侯になれたとしても、スキレーからの信頼を失えば計画は破綻したことになる。それは是が非でも避けなくてはならなかった。

(仕方あるまい……)

ミロスラフは内心で舌打ちしながらウェインに言った。

「……撤回する。認めよう、帝国の仕業であると」

「おお、理解を得られたようで幸いです、ミロスラフ王子」

ミロスラフの葛藤を全て知り尽くしているかのように、ウェインはにっと笑ってみせる。ミロスラフは苛立ちに歯を噛みしめた。

(さて、となると……)

ウェインは残る円卓の選聖侯達を見回す。

聖王とカルドメリア、シュテイル、グリュエールの四人。

このうちの一人でも説得できれば、数の上ではウェインの帝国犯人説が最有力になる。

(性格的にグリュエールが頷くのは最後の一人になってからだろう。聖王とカルドメリアもここは粘ってくるはずだ。だとしたら説き伏せるべきはシュテイル！)

素早くそう判断したウェインは、シュテイルを説得すべく口を開き、

「──帝国の仕業であるというウェイン殿下の見解、全くの道理であると考えます」

それよりも先に、カルドメリアが言葉を紡《つむ》いだ。

「この件については帝国に断固として抗議し、可能な限りその責任を追及しましょう」

カルドメリアがウェインの意見を認めた。

これは全ての選聖侯にとって予想外だった。今回の騒動をカルドメリアはナトラを叩く材料として、最大限利用すると考えていたからだ。

「それは聖王猊下も同意の上での言葉と捉えてよいのか、カルドメリア福音局局長」

グリュエールが問う。

するとカルドメリアの隣に座るシルヴェリオが、小さく、しかしハッキリと頷いた。カルドメリアの暴走ではない、ということだ。

「グリュエール王、シュテイル公、お二方はどうですか？」

ウェインに代わってカルドメリアが二人に問いかける。しかし既に少数派、しかも聖王までウェインの見解を認めたとなれば、異論を唱《とな》えられるはずもない。

「ウェイン王子、後でティグリス卿の死に様を詳細に、克明《こくめい》に、私に教えてもらえないかな」

「……構いませんが」

「ありがとう。それならば私もまた、ティグリス卿を殺害したのは帝国であるという主張を支持しましょう」

シュテイルは満足そうに言った。ウェインは陰でうへえという顔になった。

「いいだろう。私も認めよう」

そしてグリュエールもまた深く頷いた。

これにて真実は闇に葬られた。ウェインの提唱する帝国陰謀説は選聖侯全ての承認を取得し、ティグリスの死の罪は帝国へと向かうこととなる。

それはすなわち、ウェインが窮地を脱したことを意味していた。

(これで一安心――とは行かないのが厄介なところだな)

ウェインはカルドメリアを見やる。どうして彼女があっさりこちらの提示したストーリーを受け入れたのか。これを明らかにしなくては安堵に至らない。

しかし、ウェインの表情には余裕があった。

(読めてるぜ。これで反帝国の流れに持って行って、俺を巻き込もうって魂胆だろ？)

帝国の刺客による選聖侯ティグリスの殺害。このスキャンダルはすぐさま大陸全土を駆け巡り、西側における対帝国への機運は間違いなく高まる。

それを見越してこの後の会議でも、帝国に対して何らかの圧力をかけるべきという意見が出るのは想像に難くない。当然ナトラも無関係ではいられないだろう。

(軍事的示威行為か、あるいは経済制裁か。何にせよこれを機にナトラは帝国との繋がりを断ち切るよう迫ってくるだろう。帝国が黒幕と主張した以上、俺が拒絶するには流れが悪い)

だが、できる。ここまで乗り切ったのだ。最後まで蝙蝠《こうもり》を貫いてみせる。

(ここからが本番だぜカルドメリア……！)

ウェインがそう意気込んだ時だ。

「――――失礼します！」

それは伝令と共に、全く予想外のところから飛び込んできた。

「カバリヌ軍が大陸中央都市ミールタースを攻撃！　それに伴い、帝国第二皇子バルドロッシュがミールタース防衛のために軍を興しました！」

「「なっ――――」」

その場に居た者達が驚愕《きょうがく》に目を見開く。

選聖侯はもちろん、ウェイン、スキレーも例外ではなく。

しかしその中で二人。

聖王は、何も届いていないかのように微動だにせず。

カルドメリアは、妖しい笑みを浮かべていた――

第四章　会議は踊る

アースワルド帝国第二皇子バルドロッシュといえば、武闘派として知られる人物だ。

幼い頃から剣の道を好み、成長した後に自ら帝国軍を志願。部下を率いて賊徒の一味を討伐《とうばつ》するなど、皇族の中でも戦の経験は随一である。軍人達からの信頼も厚く、バルドロッシュ皇子こそ帝位に相応《ふさわ》しいと語る者は数多い。

だが、彼はつい先日、敗北した。

第一皇子の暴走を発端とする、四人の帝位継承戦の末に、第二皇女ロウェルミナにまんまと出し抜かれたのだ。

ロウェルミナの戴冠こそまだ保留状態なものの、敗北によってバルドロッシュの求心力は低下。内戦による兵や物資の損耗も軽いものではなく、派閥は急速に弱体化していった。

バルドロッシュは速やかに派閥を立て直さなくてはいけなかった。それは第二皇女ロウェルミナ、第三皇子マンフレッドと奇《く》しくも同じ悩みだったが、二人とバルドロッシュが違うのは、彼の求心力の原点は武力にあるという点だ。

バルドロッシュは強い。バルドロッシュが率いる軍も強い。だから人が集まる。だから尊敬される。だから支持される。単純明快なその構図は、バルドロッシュにとっても好ましいものだった。しかしそれゆえに、他の皇帝候補達よりも戦の敗北が重いのだ。

バルドロッシュは弱かった。率いる軍も敗北した。尊敬は失望に変わり、支持は疑念へと堕《お》ちていく。さりとて、今更カネで支持を買おうとすれば卑怯《ひきょう》と罵《ののし》られ、言葉で心を繋《つな》ぎ止めようとすれば、民の目には変節と映る。

そう、強さで尊敬されていた人間は、それを失った場合においても、強さで尊敬を取り戻すしかないのだ。

(必要だ。民を黙らせるだけの実績が。我らが武を振るう相手が。しかし、どこに……)

光明を見いだせない状況に、苦悩を抱くバルドロッシュ。

西側から使者が訪れたのは、そんな時のことだった──

◆◇◆

「殿下、もうじきミールタースに到着します」

部下のロレンシオの言葉に、馬上にいたバルドロッシュは意識と共にゆっくりと瞼《まぶた》を持ち上げた。視界に映るのはロレンシオの顔と、整然と進む兵士達の姿。その数、およそ三千。疲弊した派閥からどうにか捻出した兵力だ。

「……都市の様子はどうだ？」

「斥候《せっこう》からの報告では、ミールタースは西側の城門を閉鎖し、カバリヌの方も遠巻きに見ているだけで攻撃は止んでいるようです」

「そうか……計画通りだな」

呟《つぶや》くと、ロレンシオは僅《わず》かに顔をしかめるのが見えた。

「此度《こたび》の件、気に入らぬかロレンシオ」

「僭越《せんえつ》ながら、殿下にこのような謀《はかりごと》は似合いませぬ。いえ、それを差し置いてもこの計画は毒の類《たぐ》いでございましょう」

「そうだな……そうだろうとも」

西側からの使者は、カルドメリアの配下であると告げた。

そしてバルドロッシュに対してこう持ちかけた。カバリヌの一部貴族を扇動してミールタースを攻撃させるので、軍を興してミールタースの防衛に当たって欲しい、と。

当初、バルドロッシュにはまるで相手の意図が解《わか》らなかった。しかしその全容が説明されて、彼は納得する。カルドメリア側にとって、この計画には二つの狙《ねら》いがあったのだ。

一つは選聖侯になろうとしているスキレー王の妨害だ。カバリヌ側から帝国に攻撃したとなれば、その責任は重大。選聖侯就任どころか、国内外から糾弾《きゅうだん》されることは必至。ただでさえ纏《まと》まりを欠いている国内は、どれほど乱れることか。周辺諸国にとって、格好の草刈り場となるだろう。

もう一つはナトラに西側への恭順を迫るというものだ。選聖会議にウェインを招待した上で、ミールタースで東西の衝突を演出。西側につくか否《いな》かを迫る。西に着くのならよし、東に着いたとしても叩き潰《つぶ》す大義名分になる、ということである。

そしてこれらの計画には、バルドロッシュ側にもメリットがある。ミールタースの防衛は、失墜した武威を示す機会となりうるだろう。協力の暁には物資の援助も確約された。そして何よりも――ナトラを西側に追いやれる可能性が魅力的だった。

(ナトラが西側に着けば、必然的にロウェルミナから引き離されることになる)

帝国と同盟関係にあるナトラだが、派閥的には第二皇女ロウェルミナ派閥を支持しているとされている。そしてこの外国の後ろ盾というものが、ロウェルミナの派閥運営の安定に一役買っていることは間違いない。ならばこれを失わせることができれば、ロウェルミナにとって大きなダメージになる。

(悪くない……いや、願ってもない取引だ)

これを拒絶する手はない。あらゆる面でそう思える。

同時に、その有利すぎる取引がゆえに、不安もよぎる。本当にこの計画に乗っていいのかと。福音局局長カルドメリアは相当な陰謀家と聞く。自分が見えていないだけで、何か重要な狙いを隠しているのではないか、と。

（だが、それでも……）

今のバルドロッシュは他の二つの派閥に水をあけられている。手をこまねいていては帝位継承戦から脱落してしまうだろう。浮かび上がるためならば、掴《つか》む藁《わら》は選んでいられないのだ。

「ロレンシオ、お前の懸念《けねん》は理解できる。しかし今は迷いを抱いている段階ではない」

「はっ……失礼いたしました」

「ミールタースに到着次第、兵を展開する。我らが武威を以《もっ》てして、帝国の領土を侵そうとする西側の連中を駆逐するぞ」

有無を言わせぬバルドロッシュの言葉に、ロレンシオは瞑目《めいもく》して一礼した。

◆◇◆

都市ミールタースの西側。

封鎖された城門から離れた場所に展開するのは、カバリヌ貴族の軍だ。

二千にも満たない少数。装備は貧弱で士気も低い。まさに昨今のカバリヌの窮状を反映するかのような有様《ありさま》だ。

そしてそんな貴族の軍を後方から眺める、一組の男女がいた。

「計画は順調のようね」

「当然だ。カルドメリア様が考案されたのだからな」

男の名はオウル。女の名はアイビス。

共にカルドメリアに仕える人間であった。

「それでもこんな簡単に火が付くとは思わなかったわ。ミールタースの商人達、よほどあくどくカバリヌの貴族達から搾り取ったのね」

元来、大陸中央の要所、ミールタースに面している国なだけあって、カバリヌは豊かな国である。しかし二年前、オルドラッセ王が暗殺され、さらにすぐ後に起きた戦争でナトラに敗北したこともあり、王家の威信は地に落ちた。

そうなると巻き起こるのは、次なる王位を巡る有力者達の争いだ。表でも裏でも戦いは繰り広げられ、国内の治安、生産、流通は乱れに乱れた。

そんな状態では、貴族達も領地をまともに運営できるはずもない。税収は落ちる。民心は離れる。どうすればいいと頭を抱えたところで、接触してきたのがミールタースの商人達だ。

彼らは経営に悩む貴族達に、人、モノ、カネと、様々な援助を申し出た。多くの貴族がそれに飛びついた。貴族の中には商人の狙いを見抜き、躊躇《ためら》った者もいた。しかし領地経営が困難であるという前提は覆《くつがえ》せず、最終的には商人達に屈した。

かくして貴族達の領内は、商人達の息がかかった場所だらけになった。布地を一枚一枚剝《は》ぎ取られるかのように、様々な利権もいつの間にか奪われた。

そう、弱ったカバリヌを草刈り場として狙っていたのは、何も西側諸国だけではないのである。

気づいた時にはもう手遅れだ。屈辱と憎しみを抱えながらも、貴族達は商人の言いなりになるしかなくなっていた。

そしてそこを、カルドメリアにつけ込まれたのだ。

「ミールタースを攻撃し、十分な成果を出すことができれば、新天地を用意する、だったかしら。ねえ、本当に用意しているの？」

「しているとも。神の御許《みもと》にな」

オウルの返答に、アイビスはくすくすと笑った。

「スキレー王も可哀想《かわいそう》に。国を纏めるために出かけている最中に貴族達に裏切られて、責任を取らせる首謀者達はこれから神の御許に旅立ってしまうなんて。どうなってしまうのかしらね、カバリヌは」

「さてな。我らが関知することではない。ただ一つ言えることは、スキレー王を哀れむ必要などないということだ。なぜなら、カルドメリア様の計画の礎《いしずえ》になれるのだから、これ以上の誉れはない」

「ふふ、そうね、その通りだわ」

アイビスは笑いながら視線を西へ、ルシャンのある方角へ向けた。

「ルシャンに集う選聖侯達も、今頃《いまごろ》きっと喜びにむせび泣いているでしょうね――」

◆◇◆

「――カルドメリアめ！　してやられたわ！」

自らが逗留《とうりゅう》する館の一室にて、ミロスラフは口汚くカルドメリアを罵った。

カバリヌの一部貴族によるミールタース強襲。それに伴う第二皇子バルドロッシュの進軍。もたらされたこの情報を前にして、選聖会議は一時中断となった。

報告が事実なのか、事実だとしたら具体的に状況はどうなっているのか。選聖侯達は各々が配下を用いて、一刻も早い現況の把握に走る。

そして数日を経て戻ってきた伝令の報告は、全《すべ》てが事実であることを裏打ちするものだった。

(これは間違いなくスキレーの選聖侯就任を妨害せんとする工作だ！)

糸を引いているのは会議参加者の内の誰か。最も怪しいのはカルドメリアだろう。思い返せばティグリスの死後、都市は迅速に封鎖された。それは犯人を外に逃がさないためと思われていたが、同時に外の情報を遮断する意味合いもあったと考えれば腑に落ちる。

万が一にも外から情報が届いて、ミールタースで起きる出来事を選聖侯達が知り得ないように。そしてこちらが知った時には、全てが手遅れになるようにしたのだ。

それが出来る立場といえば、やはり聖王ないしカルドメリアが最有力だ。

「まさか、このようなことになるとは……」

打ちのめされた顔で呟くのは同室しているスキレーだ。王に即位し、選聖侯に就任することで国を安定させられると考えていた矢先に、この騒動である。彼ならずとも失意からは逃れられないだろう。

「気を強く持てスキレー！　ここで折れては本当におしまいになるぞ！」

ミロスラフが叱咤《しった》するもスキレーの顔色は暗いままだ。

「しかしミロスラフ、このままでは何も好転しない。やはり私は国に戻って事態の収拾を」

「いかん！　それはいかんぞ！」

ミロスラフはスキレーの肩を摑んだ。

「先のウェインめの答弁を見ていたであろう。我ら選聖侯が白といえばいかなる黒も白になる。ましてカバリヌ側は先に攻撃してしまったという事実があるのだ。今ここで貴殿が選聖会議を離れれば、選聖侯達はこれ幸いと一方的にカバリヌを糾弾し、貴国が崩壊しようと構わず貪《むさぼ》ろうとするだろう。それだけは避けねばならん！」

「しかし、いかにして！」

「選聖侯になるのだ！」

ミロスラフは言った。

「事ここに至れば、もはやこれ以外の道はない。カバリヌの方は今は家臣達に任せるのだ。その間に選聖侯という権威を得て、ミールタース攻撃に関《かか》わった貴族を粛清し、カバリヌを安定させるしかない！　そうすれば、他の選聖侯達もおいそれと手出しはできん！」

あまりにも無茶苦茶な主張であることは、ミロスラフとて理解していた。彼を除く全ての選聖侯がカバリヌを好餌《こうじ》として見ているのに、そんな彼らにカバリヌが選聖侯の仲間入りすることを認めさせろというのだ。

しかしやらねばならない。スキレーを前にしては口にできないが、最悪、カバリヌが他の西側諸国に呑《の》み込《こ》まれても許容できる。彼が最も懸念しているのは、帝国が西側まで進出してくる可能性だった。

（弱ったカバリヌが狙い目なのは帝国にとっても同じこと！　貴族の領地の多くは帝国の商人であるミールタースの息がかかり、それを逆恨みした貴族によって攻撃されたという絵図だ！　帝国の権益を守るため、カバリヌに侵略するという大義名分は十二分に成立する！）

それだけは認められない。東側と繋がる南部の道を抑えるファルカッソ王国は、幾度となく帝国とぶつかってきた歴史がある。ミロスラフにとって、帝国は断固として滅ぼさねばならない敵なのだ。西側への進出など、絶対に阻止せねばならない。

（……唯一幸いなことがあるとすれば、あのウェインめも追い詰められていることか）

カルドメリアはこの機に乗じて、ナトラを西側に取り込むつもりだろう。あの厄介な王子が帝国と手切れになることは西側諸国にとって重要だ。いや、いっそ逆らってくれてもいい。裏切り者として、糾弾の矛先をスキレーからウェインに向けることもできる。

何にしても、とミロスラフは確信する。

(蝙蝠《こうもり》を気取れる時間は終わりだ。これ以上旗色を誤魔化《ごまか》す術は、もはや存在しない――――!)

◆◇◆

「――いや、ある」

逗留している屋敷で、ウェインは一つの確信を得ていた。

「あるって……ここからどうにかできるっていうの?」

驚くのは傍《そば》に居るニニムだ。

無事にティグリス暗殺の容疑が晴れて、ウェインが悠々と戻ってくるかと思いきや、まさかのミールタース襲撃事件。お祝いどころか一息吐《つ》く間もない情勢に、さすがのニニムもお手上げという他になかったが――どうやら、主君の結論は別らしい。

「ああ。何もかも有耶無耶《うやむや》にして、何一つ落とし前をつけず、何だかんだで話を終わらせる道筋は、間違いなくある」

ただしそれは細い道筋だ、とウェインは思う。万全の準備があっても果たして通り抜けられるか。まして今の状況では決定的に足りないものがあった。

「この計画を成立させるには時間が必要になる。それをどうやって稼ぐか……」

懊悩《おうのう》していると、ニニムが言った。

「とりあえず、お茶とお菓子を持ってくるわ。せっかくティグリス卿《きょう》暗殺事件を切り抜けられたんだもの。それぐらいしてもバチは当たらないでしょ」

「そうだな、そうしてくれると——」

言いかけた時、部屋の扉が叩《たた》かれた。

「殿下、失礼します。今し方書簡が届きました」

そう言って部下が恭《うやうや》しく書簡を差し出す。ニニムがそれを受け取ると、少しばかり驚いたような顔になった。そしてそのままウェインへと手渡す。

「これは……」

書簡の封蠟《ふうろう》を見て、ウェインはニニムが驚いた理由を察する。そして封蠟を解き、中に眼を通すこと十数秒。

「ニニム、茶は後だ」

ウェインはにっと笑って言った。

「すぐにフラーニャを呼んできてくれ」

一方のフラーニャといえば、応接室でコジモと対面していた。

「以前にあれほどのご助力を得ておきながら、ウェイン殿下の窮地にお力になれず、挨拶《あいさつ》もそこそこにこの地を離れねばならぬこと、誠に申し訳ございません」

「いいえ、気になさらないでください、コジモ市長。仕方のないことですし、お兄様の容疑は無事に晴れましたから」

ひたすらに頭を下げるコジモに、フラーニャは謙虚に微笑《ほほえ》んだ。

選聖侯暗殺ともなれば、一市長が口出しできる領分ではない。さらにフラーニャの居る館は警備隊に包囲され、誰《だれ》一人として近づけない状況だったのだ。コジモに何ができたかはさて置き、干渉すら困難であったのは間違いないだろう。

そしてせめて無事に容疑が晴れたことのお祝いを、と思いきや、今度はコジモの足下が燃え上がる始末だ。本来ならば別れの挨拶をする時間すら惜しいところを、無理に時間を捻出したに違いない。

「それよりもコジモ市長、ミールタースの方は……」

「既にバルドロッシュ皇子率いる兵が都に入り、守勢に努めてくださっている……と聞いております」

コジモの顔に苦々しい思いが浮かぶ。ミールタースは半ば商人の自治都市として機能していた場所だ。それが西側からの攻撃を受けて、帝国軍の駐留まで許すハメになってしまった。自治都市としての権威は大きく落ち込んだと見ていいだろう。

「カバリヌ貴族からの恨《うら》み辛《つら》み、承知してはいましたがここまで大胆な行動に移すとは……私が都市に居れば、あるいは寸前で回避できたかもしれませんが……」

この絵図を描いたのがカルドメリアという人物であると、フラーニャはウェインより説明を受けている。だとするのならばその人物は、コジモが都市を留守にしていることも織り込んでいたのだろうか。

「……ミールタースはどうなるのでしょうか」

「いかなる理由があれ、我が都市が攻撃された以上、非はカバリヌ側にあると主張せざるを得ません。とはいえ、私の本心としては、事態の早期終結を目指すつもりです」

しかし、それがどれほど難しいことか。カバリヌ側はミールタースを恨み、バルドロッシュ皇子はこの好機を利用して武威を示そうとするだろう。これに歯止めをかけるのは容易なことではない。想像するだけコジモは汗が滲《にじ》むのを感じた。

「私にも何かできることがあれば……」

「いえ、お気持ちだけ有りがたく受け取らせて頂きます。恐れながら、ウェイン殿下の容疑こそ晴れたものの、ナトラは未《いま》だ難局にあると存じます。フラーニャ殿下のお力は、ナトラにこそ使われるべきでしょう」

コジモの言う通りだった。中断された選聖会議が再開されれば、ナトラは東西のどちらかに着くかを迫られると聞く。兄は回避するつもりのようだが、果たしてどうなるか。

遅ればせながら、フラーニャは痛感する。自らの力不足と、外交とは剣と弓を使わぬだけで、立派な戦争なのだということ。

その時、部屋の扉が叩かれた。

「失礼します、フラーニャ殿下。……コジモ市長もまだおられましたか、丁度良かった」

現れたのはシリジスだった。

彼は少し前から、しばらく思案したいことがあるとして、部屋に籠《こ》もっていたのだが、出てきたということは、それがすんだということだろうか。

「シリジス、私に何か用？」

「はい。先ほどようやく思案が纏まりましたので」

シリジスは言った。

「ミールタースを取り巻く現状については、お二人とも既にご存知かと思います。その上で——フラーニャ殿下とコジモ市長に、私から提案がございます」

◆◇◆

ミールタースを巡る情報が入ってから数日。

都市ルシャンは不安と戸惑いで溢《あふ》れていた。

選聖会議がルシャンで行われると発表された時、ルシャンの民には喜びがあった。

それがティグリス卿の死で一転し、さらにミールタースで戦争が始まったという報《しら》せが入り、もはや何がどうなっているのか、という有様だ。

「一体これからどうなるのだ……」

民の抱く思いは、すなわちこの一点に収束される。

しかしその答えを持つ者は、この地上に存在しない。

なぜならば答えは、これから始まる選聖会議によって決定されるのだから――

◆◇◆

先の選聖会議において、注目を集めていたのはウェインだった。

しかし今日は違う。出席しているメンバーこそ同じであるものの、選聖侯の視線が注《そそ》がれるのは、スキレーであった。

「……ミールタースの一件、確認したところ間違いないことが解りました。我が国の貴族の一部がミールタースを攻撃し、帝国軍が防衛のためにミールタースに入ったとのことです」

沈痛な面持ちでそう語るスキレー。自らの弱点をつまびらかにしているも同然であり、そしてここに集う面々は、弱点を攻め立てることに一切《いっさい》の容赦を持たない。

「それで、この問題の責任をどう取るつもりだ、カバリヌの王よ。これはカバリヌのみならず、西側諸国全体に関わる事態であるぞ」

グリュエールがそう口にすれば、

「帝国は内乱の解決に奔走し、西側への干渉は控えめになっていた。貴国の行いは、眠れる竜に弓を引いたも同然だ」

アガタもまた追従する。これに、ただでさえ暗くなっていたスキレーの顔は、さらに光を失ってしまう。

「……ミールタース攻撃に加担した貴族達は、爵位の剝奪《はくだつ》と領地の没収を決定しております。国に居る家臣達に軍を編成し、奴《やつ》らを賊徒として討伐するよう指示も出しました。必ずや討伐は完了するものと」

「その編成が終わるまでに帝国も貴族達も動かないと思っているのか?」

「討伐が完遂できるかも疑問が残る。それどころか、貴族側に同調する可能性もあるのでは?」

「そ、そのようなことは……!」

「無いと言い切れるか?　そもそもが、貴殿の威信が不足しているからこそ発生した事態だというのに」

　スキレーは思わず返答に窮した。威信が足りないことは全くその通りだ。だからこそ、選聖侯という権威を得ようとしたのだ。だが、その結果がこれである。

「待たれよ！　今はスキレー王を責めている場合ではなかろう！」

　ミロスラフが咄嗟《とっさ》にフォローに回る。が、形勢は不利だ。

「責めているだと？　くだらぬ言い訳を一蹴しているにすぎんよ」

「グリュエール王の言う通りだ。この期に及《およ》んで、できもしないことをできると言われてはな」

「ぐ、ぬ……！」

　そのような調子で言い争いを続けるグリュエール、アガタ、ミロスラフ。

　静観の構えを取るのはシュテイルとカルドメリアと聖王だ。スキレーは自らがやらかした手前、強く出られずにいる。

（さて、俺《おれ》はどう動くべきか……）

　状況を整理しよう、とウェインは思考を巡らせた。

（現在、暴走したカバリヌの貴族軍と帝国軍が都市ミールタースを中心として睨《にら》み合《あ》っている。本来これは二国間の問題だが、ミロスラフを除いた選聖侯達はこれを拡大解釈し、西側全土の問題として捉《とら》えるつもりでいる。そうすることで本来無関係でありながら被害者となり、カバリヌのスキレー王に責任と賠償を負わせるつもりだ）

そう考えると、今回の件において、ウェイン及びナトラの関わりは薄い。誰も話を振ってこないのなら、空気に徹するのも有りだ。

(しかし実際にはそうはならない。グリュエールとアガタの狙いはスキレー王だが、カルドメリアは間違いなくこちらにも仕掛けてくる)

それはいつ、どのような流れでか。そんなことを考えながらカルドメリアを観察していると、それに気づいたカルドメリアがウェインに向かって微笑んだ。ウェインは、うへえ、という顔になった。

「――ならばひとまず、レベティア教として特使を立ててはどうか」

その時、アガタが意見を出した。

「幸い……と言っていいかはともかく、帝国軍はミールタースで守備に徹している。今ならば話し合う余地は十分にあると考えられる」

「それならば私が……!」

スキレーが声を上げるが、アガタは頭を振る。

「これは西側諸国全体の未来がかかる仕事だ。実績無き者に任せられるものではない」

「ふむ、では誰が適任だと?」

グリュエールが問うと、アガタの視線はウェインに向けられた。

「才知に富み、帝国と縁が深いウェイン王子。彼をおいて他にあるまい」

（おっ？）

これはウェインにとって意外だった。

特使として選ばれれば帝国との交渉の矢面に立つことになる。しかし成功させることができれば、帝国との繋がりを有意義なものとして主張し、帝国との同盟維持路線に持って行くことも夢ではない。ウェインにとってみれば、間違いなくチャンスだ。

（ティグリス暗殺の件での借りを返すってところか）

素知らぬ顔をするアガタに、ウェインは心中で礼を言う。しかし、

「──アガタ卿、それは無理というものですよ」

ウェインが応じるより早く、カルドメリアが割って入った。

「先日のことを思い出してください。ティグリス卿は帝国によって殺害されたはず。そのような輩《やから》と交渉など、どうしてできましょうか」

「むっ……」

これにウェインは内心で舌打ちし、アガタは鼻白んだ。帝国陰謀説は既に決定されたことであり、ましてウェインとアガタはこの説によって難を逃れた側だ。蒸し返したところで不利益《ふりえき》にしかならない。

さらにそういった裏事情を抜きにすれば、選聖侯を殺害し、その罪の清算も終わらせていない相手にこちらから交渉を打診するなど、なるほど、とてもではないが下手に出過ぎというも

のだ。そんなことが表沙汰になれば、選聖侯の権威に傷がつくことだろう。

ここでの道理はカルドメリアにある。他の選聖侯も否とは言うまい。

（だが、そうしてこちらの……言わば対帝国穏健派の言論を封じることは想定の範囲内だ）

問題はこの後。交渉ができないとするのならば、どう解決するか。

ウェインが注視する中で、グリュエールが問うた。

「それではカルドメリア、そなたはどう解決するつもりなのだ？」

カルドメリアは答えた。

「聖戦の布告を。レベティア教の名において軍を興し、カバリヌの救援に向かいます」

ただし、と彼女は付け加える。

「以前ミールタースに兵を向かわせた時と規模を同じくはしません。今回は、選聖侯の連合軍でもって対処に当たりたいと考えます」

これに聖王を除く一同はギョッとした。

去年起きたミールタースを巡る皇子達の争い。これに巻き込まれた信徒を救うという名目でレベティア教は軍を興した。その数六千人。信徒の志願兵から構成されたその軍勢こそが、レベティア教が保有する戦力といって差し支えない。

だが連合軍となると話が変わる。レベティア教の軍に加えて、選聖侯の属する国も軍を興すのだ。さらに選聖侯のいない国も少なからず兵を供出することだろう。総戦力はどれほどのものになるか。

「待たれよ！　ミールタースに籠もる帝国軍は五千にも満たないそうではないか!?　これに連合軍であたるなど、あまりにも過剰だろう！」

アガタの抗弁はまさに妥当なものだ。

しかしカルドメリアも譲らない。

「それこそまさに、悪辣な帝国の思うつぼですよ、アガタ卿。すぐ傍に疲弊したカバリヌがありながら、彼らの目的がミールタースの防衛に留まるというのは、あまりにも楽観です。数千の兵を率いて脅かしてやればいい、などとたかを括《くく》っていては、あっという間にカバリヌまで攻め入られてしまいかねません。なにせ、帝国は先に攻撃されたという大義名分を持っているのですから」

有り得ない、とは言えなかった。恐らく帝国側にも似たような想定をしている人間はいるはずだ。この状況であわよくば、西側に一歩踏み出せれば、と。

「そしてスキレー王の責任についてですが、私も猊下《げいか》もそれを問うつもりはございません。俯《ふ》瞰《かん》して見れば、ティグリス卿の殺害、カバリヌの一部貴族の暴走、迅速なミールタースへの兵の配置、それらはカバリヌ侵攻を目的として、帝国が意図したものと考えるのが自然です」

全て自分の手で実行しておきながら、カルドメリアはいけしゃあしゃあと罪を帝国へとなすりつける。

「憎むべきは帝国です。ここで我らが相食《あいは》むことは帝国に利することになりましょう。今は共に力を合わせて、帝国を撃退することに注力するべきです」

黙って連合軍に賛成すれば、これ以上攻撃はしない、ということである。

無論、ミロスラフもスキレーもこの絵図を描いたのは帝国ではなくカルドメリアだと当たりはつけている。しかしここで拒絶しては、また糾弾の的になるだけだ。ゆえに二人には頷《うなず》く以外の道はなかった。

「……連合軍を興すことに、異論は無い。スキレー王はいかがか」

「賛同いたします。我が身の不徳は連合軍の中での働きによって挽回《ばんかい》する所存です」

カルドメリアは満足そうに頷いて、残るグリュエール、シュテイル、アガタに眼を向ける。

「皆様はどうでしょうか」

「私は構いませんよ」

真っ先に賛同したのはシュテイルだ。

「選聖侯達による連合軍……地を埋め尽くすほどの兵……実に創作意欲をかき立てられますね。必ずや我が国の王を説得してみせましょう」

相変わらず独特の価値観だが、やると言った以上は実行するだろう。

その横でグリュエールが問いかけた。

「連合軍、誠に猊下も望んでおいでか？」

「もちろんですとも」

カルドメリアが傍《かたわ》らの聖王に視線を送る。

すると老人は無言のまま小さく、しかし確かに頷いた。

「……いいだろう、それならば我がソルジェスト王国も連合軍の一員となろう」

こうなれば、アガタも異論を挟めない。先日はウェインが持論を認めさせるために選聖侯達を切り崩したが、今度はカルドメリアが同じことをしてみせたのだ。

「それでは皆様の同意を得られたところで、もう一つ、決めなくてはならないことがあります」

それは何かと一同に視線で問われ、カルドメリアは続けた。

「連合の代表は当然聖王猊下です。しかし猊下には信徒達の安寧を祈願するという重要なお役目があります。連合軍を指揮するための、実質的な総大将が必要でしょう」

カルドメリアの意見はまたも道理だった。形ばかりの連合を組んでも、戦略的な連携ができなければそれは烏合《うごう》の衆でしかない。かといって、ルシャンに籠もりきりのシルヴェリオでは、彼らを指揮することは不可能だろう。

「私としてはグリュエール王にお任せするのが一番と考えますが、どうでしょうか」

グリュエールはその外見に似合わず、選聖侯きっての武闘派だ。また選聖侯達の中では真っ当な精神性を持っているという信頼もある。人選としては妥当なところであるのだが、

「私はやらぬぞ」

　グリュエールはあっさりとそれを拒絶した。

「己《おのれ》より優れている者を差し置いて、分不相応な地位に就くなど、さすがの私もそこまで恥知らずなことはできぬのでな」

「グリュエール王より優れて……？」

　アガタ達が戸惑う中、グリュエールは視線を傾《かたむ》ける。

「居るではないか、私を打ち負かした男が、すぐそこに」

　一同がグリュエールの視線を辿《たど》ると、そこには空気に徹していたウェインが座っていた。

（――はあああああああ⁉）

　ウェインは内心で叫んだ。

（てめえこのグリュエール！　せっかく空気になれてたのに余計なことすんじゃねーよ！）

　ウェインは思いっきり睨み付《つ》けるが、グリュエールはどこ吹く風だ。ウェインは歯噛みしながら精一杯の笑顔を浮かべた。

「……そういった評価を頂けるのは光栄ですが、あの戦いは幸運を拾っただけで、私がグリュエール王より戦上手であるとは」

「ほお、つまりこの私は運否天賦《うんぷてんぷ》で下せるような手合いだと？」

（面倒くせえなこの豚野郎！）

　ウェインはグリュエールを罵《のの》りながら素早く思考を巡らせた。

「どうしてもというのなら、承ります……と言いたいところですが、やはり私は若輩者で、この選聖会議も特例として招待された身でしかありません。選聖侯の皆様を率いるのは、さすがに器量不足かと」

ウェインがそう言うと、選聖侯達は納得と安堵《あんど》の表情を浮かべる。グリュエールと違いウェインに総大将を任せるというのは、さすがに彼らも躊躇うものがあるのだろう。

しかし、カルドメリアの反応は違った。

「では、ウェイン殿下が選聖侯に就任されれば解決しますね？」

ざわめきが円卓に広まった。

選聖侯でないのだから、選聖侯を手足のように使うわけにはいかない。ならば、選聖侯になってしまえばいい。単純で明快な理屈ではあるが――これに軽々しく頷けるほど、選聖侯の地位は安くない。

「待たれよカルドメリア殿！」

ウェインより早く反応したのはミロスラフだった。

「選聖侯は信仰、血筋、献身、能力が万民に認められてこそ就ける地位！　それゆえに諸侯が集う連合軍を率いる格を持つというのに、連合軍を率いさせるために選聖侯に就かせるというのでは、本末転倒であろう！」

「仰《おっしゃ》る通りです。それゆえ就任は暫定的なものとするのが妥当かと。そして連合軍での戦の結果が優れたものならば、その功績をもって正式に選聖侯へと迎えるというのでどうでしょうか」

カルドメリアはスキレーに向かって微笑んだ。

「その際、連合軍での働き如何《いかん》によっては、他にも選聖侯に就くに相応しい方も出てくるかもしれないと、聖王猊下共々考えておりますよ」

「そ、それは……」

カルドメリアの淀《よど》みない弁舌に、ウェインは内心で舌を巻く。

連合軍の提言から始まり、総大将の任命問題。グリュエールと組んでいたわけではないだろうが、総大将の話を振れば、性格上ウェインに投げてくると見切っていたのだろう。その上でスキレー達にも選聖侯就任のチャンスをチラつかせ、呑み込ませようというのだ。

このままカルドメリアに喋《しゃべ》らせていては、完全に流れを掌握される。遅きに失した感は拭《ぬぐ》えないが、ウェインは切り出した。

「……解りました、それでは他の選聖侯の皆様にも異論が無いのでしたら、僭越ながらその条件で私が連合軍の指揮をしましょう」

誰か異論出せ、と思いながら数秒待つ。しかし全員が沈黙でもって肯定を示した。

(これはどうにもならないな……)

ウェインは内心で嘆息した。

連合軍の総大将となれば帝国との同盟は破棄する他に無い。

そして西側諸国が連合を組んで国境沿いに迫れば、帝国側も黙ってはいられないだろう。皇子達は帝位継承戦を棚上げにし、共同戦線を張ってでも対応してくるはずだ。

そうなったら、事態はいよいよのっぴきならなくなる。西側は連合まで組んだのだから成果無しで解散はできない。強さで各国を呑み込んできた帝国も舐《な》められてはいられない。どちらも譲ることができず、泥沼の東西戦争へもつれこむ可能性は十分ある。

（そしてカルドメリアはそれを望んでいるし、そうなるよう仕向けてくるだろうな）

だからこそ、ウェインは思った。

（全く――手を打っておいて正解だったぜ）

その時、広間の扉が開かれた。

「会議中失礼します！　帝国軍に動きがあったと報告が入りました！」

選聖侯達の視線が一斉に伝令へと向いた。

「もう動いたか。ミールタースから出てきてカバリヌへ攻め込んだか？」

順当に考えられるところをミロスラフは口にする。

しかし伝令は頭を横に振った。

「いえ、ミールタース周辺の情勢は停滞したまま変化はないと！」

「何だと？」

ミロスラフは眉根《まゆね》を寄せた。

「ミールタースでないのならば、どこで動いたというのだ」

伝令は一拍の後、叫ぶようにして答えた。

「――ナトラ王国の東部国境付近に、帝国軍が出現したとのことです！」

◆◇◆

アースワルド帝国、ガイラン州アントガダル自治領。

ナトラ王国の東に位置し、アントガダル侯が治めるその地に、ロウェルミナは居た。

「ここに来るのはそんなに前のことでもないはずですが、懐かしさを感じますね」

天幕から外を眺めながら、彼女は言う。

「特にこうして兵が並ぶ姿を見ると、あの頃《ころ》を思い出します」

ロウェルミナの視界には、ずらりと整列する兵士の姿があった。

その数は千人ほどだろうか。正真正銘の帝国軍である。

「貴方もそう思いませんか？」

「はっ……」

ロウェルミナの視線が傍らへ向かう。

そこに立っていたのは苦い顔をする壮年の男性だ。名をグリナッヘ・アントガダル。すなわちこの地を治めるアントガダル侯爵その人であり、以前ロウェルミナ及びウェインと浅からぬ因縁を持った人物である。

「ああ、安心してください。皮肉を言っているわけではありません。貴方を今更いびろうとか、そんな無意味なことでここに来たりはしませんよ」

「……皇女殿下がそのような些事《さじ》に時を割く御方でないことは存じております。しかしだからこそ理解が及びません。なにゆえナトラの国境沿いに軍を配置されるのです？　賊徒の討伐という名目ですが、この地域、まして冬も近いこの時期にそのような話は……」

「無いでしょうね。山賊だってこんな寒い地域に根を張るぐらいなら、もっと南に行きますよ」

ロウェルミナは自分の体をむぎゅっと抱いた。この地域は秋にもなればかなり冷え込む。よほど元気が有り余っていなければ、長く滞在したいとは思わない場所だ。

「だとすれば、いたずらにナトラを刺激するだけでは？　恐れながら皇女殿下とナトラは友好関係にあると聞きます。このような行為で関係にヒビが入れば、大きな損失かと」

「その点は、大丈夫です。遠からずナトラ……いえ、ウェインから許可が下りますから」

「許可、ですか……？」

友好国の国境沿いに、いもしない山賊狩りのため千の兵を動員し、しかもその行為に友好国から許可が下りるという。いよいよもって理解ができず、グリナッヘは首を傾《かし》げた。

「まあ気にしないで下さい。アントガダル侯爵は兵士達を取りまとめてくだされば結構ですから。なにせ私、そういうの全然なので」

「はっ……それでは失礼いたします」

釈然としない面持ちながら、グリナッヘは一礼して天幕を出て行った。

それを見送ってから、同じく傍に控えていたフィシュが口を開いた。

「大丈夫でしょうか、アントガダル侯爵にお任せして」

「問題ありませんよ。私に異心《いしん》を抱いている様子はありませんし、能力的にも兵士を取りまとめるだけなら十分でしょう」

ロウェルミナは言った。

「大丈夫か加減で言えば、ぶっちゃけ私の派閥周りの方がヤバいですからね！」

「相当無理して集めましたからね、兵士……」

山賊討伐のためという名目を立てたものの、元より派閥がガタついていたため、反応はかなり懐疑的だった。それでもどうにか派閥をなだめすかし、グリナッヘにも多少兵を出して貰《もら》って、ようやく集めたのがこの千人なのだ。

「しかし、正直私も疑問です。そこまでするほどの価値があるのですか？　――この、ウェイン殿下への援護というのは」

「ありますよー、超あります」

ロウェルミナは迷い無く頷いた。

「バルドロッシュお兄様の派閥が妙な動きをしていたのは、フィシュも知っているでしょう？」

「ええ。先の派閥の戦傷も癒えていないのに何やら兵や装備を集め出して……そしてミールタースがカバリヌの襲撃を受けたと情報が出回って、対応を皆が考えだした時には、兵を動かしていましたね。まるで事前に知っていたかのように」

「実際知っていたんでしょうね。派閥が纏められないところに、都合のいい戦争を提供するか唆《そそのか》されたんでしょう。お兄様ってば足下見られちゃってまあ」

ロウェルミナは呆《あき》れた様子で肩を竦《すく》めた。

「そして兄の動きと西側で開催されている選聖会議。そこに招待されたカバリヌのスキレーとナトラのウェイン。これらを複合して考えれば、まあ自《おの》ずと展開は見えてきます。十中八九、ウェインは帝国への同盟破棄と、ミールタースを巡る東西の攻防に参加しろと迫られているところでしょう」

ロウェルミナの語る展望にフィシュは唸《うな》った。確かに今の状況だけ見れば、ウェインがそのように追い詰められていることは可能性として感じられる。しかし驚くべきは、ロウェルミナがこの千人の兵を動かしたのは、第二皇子バルドロッシュがミールタースに向けて出発したのとほとんど変わらないタイミングだったことだ。

（その気になれば、バルドロッシュ皇子を事前に止めることもできたのでは）

とフィシュが考えると、

「できましたよ」

見透かしたようにロウェルミナが口にして、フィシュはギョッとなる。

「まあやりませんでしたけれど。なにせ藁を差し出して恩に着せるのは、相手が水に落ちてからじゃないといけませんからね」

ロウェルミナはそう不敵に笑う。

己の主君の凄《すさ》まじさを改めて痛感しながら、しかしフィシュはもう一つ口にする。

「……ですが殿下、やはりまだ納得できません。ナトラ国境付近に軍を展開することがそんなにもウェイン殿下の助けになるのでしょうか？」

するとロウェルミナは笑って答えた。

「フィシュ、貴女はまだまだウェインの性根の腐りっぷりを侮《あなど》っていますね。大丈夫、ちゃんと効果はありますよ。そしてウェインならば、私のこの援護に相応しい代償を支払ってくるでしょう」

「……それでも、もしもダメだったら？」

「……派閥の有力者達に謝って回るコースが一カ月くらい続く、ですかね」

それは勘弁願いたい、とフィシュは思った。

現地の状況がどうなっているか、ここからでは見当もつかないが、ウェイン王子が頑張ってくれることをフィシュは祈ることにした。

その時だ。

「失礼します！　ナトラより書簡が届きました！」

天幕に駆け込んできた伝令が、そう言ってロウェルミナに書簡を手渡す。

ロウェルミナは丁寧に封蠟を開くと、中に眼を通して――

「――素晴らしい」

艶然《えんぜん》と微笑んだ。

「さすがウェイン、私が求めているものを理解していますね」

「殿下、一体……？」

「勝負に勝った、ということです。グリナッへに伝令を。予定通り、しばらく国境付近に軍を置きます。ああ、できるだけ兵の数が多く見えるよう誤魔化す小細工もするように」

果たして書面には何が書かれ、西側では何が起きているのか。

ただ少なくともロウェルミナの態度を見る限り、またあのウェイン王子が何かやらかしたのだろう。上機嫌になる主君を微笑ましく思いながら、フィシュは恭しく一礼した。

◆◇◆

「ナトラの……」

「国境付近に、帝国軍だと……⁉」

それはまさに青天の霹靂《へきれき》だった。

誰もがミールタースこそ事態の中心であると確信し、その動静を注視していた。逆に言えば、他の場所については全く見向きもしていなかったのだ。

そこにきてこの完全なる不意打ち。奇襲。選聖侯達は戸惑い、慌て、そして──

「いやあ、何と言うことでしょう、困りましたね」

隠す気も無いウェインの態度を見て、確信する。

これは、こいつの仕込みである、と。

「ウェイン王子、これは──」

「ええ、皆さんが懸念している通り、帝国による同時攻撃の可能性が高いかと。カバリヌのみならず我がナトラまでも狙うとは、眠れる竜は随分と腹を空かせているようですね」

いけしゃあしゃあとそう語るウェインに、ミロスラフが声を荒らげた。

「なぜナトラが狙われる！　貴国は帝国と友好関係にあるはずであろう⁉」

「つまりはその友人でいられる時間が終わった、ということでしょう。なにせ相手はティグリス卿を暗殺するような卑劣な輩。突然の裏切りなど当たり前のことかと」

ブラフだ、とその場にいる全員が思った。

ナトラ国境沿いの帝国は攻めるつもりなどない。ただその場にいて、あたかもミールタースにいる帝国軍と連動しているように見せかけているだけだと。

そして事実として、彼らの予想は正解だった。

(抜け目ないよなあ、ロワの奴)

選聖会議が再開される数日前に届いた書簡。

あれこそロウェルミナからウェインに向けられた書簡だった。

第二皇子バルドロッシュの動きを掴んでいたこと。それに伴い、ウェインの置かれている状況を推察したこと。援護として、ナトラ国境沿いに自分が兵を置くこと。そして最後に、兵を置き続けて欲しければ代価を払ってくださいね☆、という内容だった。

ウェインは迷わず代価を記載し、返信した。今頃は彼女の元に届いているころだろうか。

「……由々《ゆゆ》しき事態であることは理解しました」

カルドメリアが口を開いた。その眼差《まなざ》しは先ほどまでより幾分か鋭い。

「しかし我らのやるべきことは変わりません。連合軍を編成し、帝国を打倒するだけです」

彼女の主張は尤《もっと》もだ。突然のことではあるが、危険だった敵がより危険性を増しただけにすぎない。脅威は増したが、得体の知れない怪物になったわけではないのだ。

(……いや、だからこそ腑《ふ》に落ちん)

ミロスラフは背中に汗が滲むのを感じながら考える。

ブラフであることは間違いない。しかしそれを証明する証拠がない以上、ナトラ側にも帝国軍が現れた、というウェインの仕込みをそのまま受け入れるしかない。

だが、問題はそこから何をするつもりなのか。

「──ふっ」

ふと、ミロスラフは小さな失笑を聞いた。

視線を滑らせればそこにはグリュエールの姿。もしや何かに気づいたのか。そう思った時、ウェインが口を開いた。

「カルドメリア殿の仰る通り、やるべきことは変わりません。ですが一つだけ、議論すべきことが増えたので、そちらについて意見を交わしたいと思いますが、如何でしょう」

「構いませんが、その議題とは？」

カルドメリアが問い返すと、ウェインはにっこりと笑って、

「──帝国に攻められているナトラとカバリヌ、どちらを助けますか？」

その言葉で、円卓に座る全員がウェインの意図を理解した。

（なんという男だ……！）

スキレーはウェインに畏怖《いふ》を抱いた。

（先ほどまで、ウェイン王子は決断を迫られていた。東か西か、旗色を決めろと）

しかしこの一手で情勢は覆る。

今度は選聖侯達の前に大いなる決断が提示されたのだ。

ナトラかカバリヌ、どちらかを選べと。

（尋常では無い……まさか読んでいたというのか、この局面まで！）

恐ろしい。いや、恐ろしいなどと震えてはいられない。彼の発言によって、今、カバリヌは再び窮地に立たされたのだから。

「……救援を先に送る方を選べというのであれば、カバリヌであろう！」

スキレーの横から、ミロスラフが苦悩に満ちた顔で言った。

「既に戦端は開かれ、カバリヌ国内では貴族達が暴走しているという。これの鎮圧と平定を優先するのが当然ではないか！」

「ならば、総大将の地位は返上させて頂く」

ウェインは事も無げに応じた。

「私はナトラの王太子として、ナトラ王国を守護しなくてはなりません。連合がナトラを見捨てるというならば、私はナトラへ帰国し、独自に帝国と戦う所存です」

「ぐっ……！」

（そうだ、我がカバリヌを優先するとなれば、ウェイン王子は当然そう切り返す）

理屈でいえばミロスラフの言う通り、連合軍が向かう先はカバリヌであるべきだ。なにせナトラの方は、間違いなく裏で帝国との密約が成り立っているのだから、危機でもなんでもない。

しかし密約の証拠はなく、にも拘《かか》わらずカバリヌ優先を公言してしまうことは、ウェインとナトラに、きちんと献身していたのに西側諸国から切り捨てられた、という大義名分を与えることになってしまうのだ。

（もしも、もしもここまでの状況が彼の計略の内だとすれば……選聖侯達はウェインを追い込んだつもりでいながら、その実、罠《わな》にかけられていたということか……！）

（そんな馬鹿《ばか》げた話があるか……！）

スキレーの懸念と同じことを考えながら、ミロスラフはそれを内心で一蹴した。

（これほどの難局、読み切れるわけがない！　偶然を利用した苦《くる》し紛《まぎ》れの言い逃れだ！　追い詰めれば必ずボロが出る！）

それは確信というよりも、自らに言い聞かせるような思いだった。それに薄々気づきつつも、ミロスラフは激情のまま言葉を口にする。

「ナトラは見捨てるわけでは無い！　救援を送る順番が違うというだけだ！」

「ナトラのような小国にとっては、その順番が致命的なのですよミロスラフ王子。もしも我が国単独で帝国に抵抗するような力があると考えておられるなら、それは大いなる勘違いです」

「……ならば！　ならば、軍を分ければ良い！」

ミロスラフは円卓を叩いた。

「連合軍を分けてナトラとカバリヌ、両面の帝国軍を相手取って」

「それは認められん」

横やりを入れたのは、グリュエールだ。

「兵力の分散は愚の骨頂だ。まして相手が帝国ではな。断固として反対させてもらう」

（このクソ豚があああああああああ！）

ミロスラフはあらん限りの呪《のろ》いをグリュエールに向けた。グリュエールは冷笑を浮かべた。

あるいは、腰元に剣があればミロスラフは剣を抜いていたかもしれない。この会議には武器は持ち込めないルールだ。

しかし同時に、できるのは剣を抜くまでだろうとも冷静な部分が考える。前回はカバリヌ前王オルドラッセが死に、今回はティグリスが死んだ。ウェインのみならず、これ以上人死にを出すことは、今後の選聖会議自体を崩壊させかねない。

（しかしどうする！　カバリヌを優先しないわけにはいかない！　だが優先させればウェインは選聖会議から離脱してしまう！）

いっそ本当に追いやってナトラを敵としてしまうか。いいや駄目だ、今回の件だけでも、ウェインを完全に敵に回すのは危険すぎることが解る。蝙蝠として東西のバランス取りに力を割かせていた方がよほど安全だ。

（ましてナトラと同調する国が出れば、西側諸国に亀裂が走るやもしれん……！）

その筆頭がグリュエールのいるソルジェスト王国だ。この巨漢の国王は冷徹でいて、時として衝動的に動くこともある。ウェインと協調して西側を滅ぼすのも一興か——などと、実に言いそうなことだ。

（くそっ、どうすればいい……⁉）

懊悩するミロスラフを横目に、比較的冷静に考えを巡らせていたのはアガタだ。

（さて、ウェイン王子はここからどうするつもりだ？）

今でこそ「うちを優先しないと離脱するぞー？　いいのかー？　いいのかー？」とカードをチラつかせて脅しをかけているが、実際に「じゃあナトラ優先するね」となったら困るのがウェインの状況だろう。

（カバリヌを優先させる代わりに、何かしら条件を引き出すつもりか？　狙い所としては帝国との同盟維持だが、これは西側諸国以外に帝国も絡《から》むことだ。西側が許しても、帝国に弓を引く連合軍に参加しておいて、帝国が許すとも思えん）

もしも帝国に着く気ならさっさと席を立っているだろう。にも拘わらずここに居るということは、何かしら目的があってのことのはずだ。しかし先ほどと打って変わって、今のウェインからはさらに踏み込もうという意志が感じられなかった。

（どちらかと言えば何かを待つかのように……）

そこでアガタはハッとなる。

（いや……まさかそれが目的なのか⁉）

目を見開いてウェインに顔を向けるアガタ。

そんな彼に対して、ウェインはにっと笑った。

（――大・正・解！）

時間稼ぎ。

それがこの選聖会議における徹底したウェインの目的だった。

（そもそも連合を組むってのは、帝国がカバリヌへの侵略意図を持っているという前提で成り立ってる。だが実際のところ、それはまず有り得ない！）

先の内乱で帝国の体力が落ち込んでいるのは全土の民が知るところだが、さらに今は各皇子達の派閥の体力も低下している。そんな状況でカバリヌに侵攻など、ロウェルミナなどが聞いたら「今ちょっとマジ無理なので春ぐらいまで待っててくれませんか？」などとのたまうところだろう。

それはミールタースに駐留するバルドロッシュも同じ事だ。侵略するとなれば継続して物資や人員の補給が必要になるが、今の彼の派閥ではそれを賄うことはできないだろう。かといって派閥外の帝国軍を動員しようとしても、帝位に就いていない彼にはその権限がない。

それどころか独断専行を咎《とが》められ、帝国宰相辺りにさっさと引き上げるよう言われていてもおかしくない状況だ。

（バルドロッシュとしては、カバリヌに攻撃されたミールタースにいの一番に駆けつけて、見事カバリヌ軍を追い払った！　という対外的な勲章を得た時点で、任務は達成してるわけだ。むしろ、ここから本格的な戦争になったら、派閥の体力が尽きかねない）

そうなったら、ロウェルミナなどが「真っ先に自ら矢面に立つだなんて素敵ですわお兄様。じゃあ派閥がすり潰されるまで前線から動けなくなるよう裏工作しておきますね」なんて準備するところだろう。これは回避しなくてはならない。

なのでバルドロッシュ側は、いつどのタイミングで撤退するか思案しているはずだ。

（そして暴走したカバリヌの貴族軍というのも、所詮《しょせん》は一部貴族にすぎない）

いかにカルドメリアといえど、一国全ての貴族を秘密裏に抱き込むのは不可能。程なく編成される討伐軍によって倒されるだろう。彼らを追い込んだミールタースの商人達の譲歩などがあれば、それはさらに加速する。

（つまりこの状況、時間さえ稼げば大方解決する！）

何事もなければ貴族軍は倒される。バルドロッシュは撤退する。連合の大義名分が無くなる。

スキレーは事後処理で相当泣くハメになるだろうが、まあ大した問題ではない。

（さあて、ここに来る前に宣言した通りだ。──歴史に残るグッダグダで全く生産性のない不毛なトップ会談を始めようじゃあないか）

ウェインは会議をさらなる混迷に陥《おとしい》れるべく、口を開いた。

──そして、丸一週間が経過した。

◆◇◆

選聖会議が迷走している。

そんな噂《うわさ》が市中に流れ始めた頃は、何を馬鹿なと鼻で笑う民が大半だった。

しかしもう一週間。会議は毎日のように開かれているにも拘わらず、未だ聖王庁は何の発表もせず、沈黙を保っている。

会議が暗礁に乗り上げていることは、もはや誰の眼にも明らかだった。

「ミールタースでの戦いはどうなったんだ」

「連合軍を挙兵するという話があるぞ」

「そういえば、最近食料の買いだめがされてるとか」

「お、俺達も買っておいた方がいいか？」

不安に駆られた市民の中には、独自に行動を始める者も居る。

しかしそれらはやはり少数派。民の多くは、西側諸国の代表たる選聖侯達が、一刻も早く今後の方針を決断してくれることを、ただ祈り続けた。

◆◇◆

しかしそんな民の祈りも虚《むな》しく、選聖会議の様子は散々なものだった。

三日目まではまだ議論の体を成していた。しかしそれ以降は次第に各々の口数も少なくなり、七日目の今日、会議場を満たしているのは重苦しい沈黙である。

もはや誰も口を開かない。何を言ってもウェインがのらりくらりと躱《かわ》すからだ。

（おのれ、ウェイン……！）

ミロスラフは沈黙の中で歯噛みする。

この七日間、全く実りの無い時間だった。あらゆる議論が妨害され、阻止された。しかもそれをしたのはウェインだけではない。グリュエール、アガタなど、連合軍の結成に乗り気でなかった選聖侯も、三日目にはウェインの時間稼ぎ方針に便乗《びんじょう》するようになったのだ。しかも対抗できるカルドメリア、シュテイルの両名がほとんど議論に参加せず、スキレーさえも連合軍という大事になるよりも、このまま事態が鎮火するのを待った方がいいのでは、と考え始め、議論に消極的になった。

こうなると、実質ミロスラフだけが帝国の脅威を説いている有様で、それではとても話が進むはずもない。

ならばいっそのこと、こんな益体の無い集まりから出て行くべきかとも思えるが、事態はまだ解決したわけではないのだ。離脱した後に情勢が変化する可能性や、残った選聖侯達が自分の居ぬ間に好きに議論を進める可能性を思うと、ここを離れるわけにはいかなかった。

その結果がこれだ。一国の首長に比する、あるいはそのものの権力者が何人も集まっておきながら、この居たたまれない泥沼の沈黙に浸《つ》かっている。余裕の表情をしているのはウェインくらいなものである。

（せめてカルドメリアやシュテイルが味方になってくれれば……）

カルドメリアは連合を最初に主張したのだから、ミロスラフの援護に回って良かったはずだ。しかし彼女はそうしなかった。ウェインの策に切り返されて、勝ち目は無いと早々に見切ったのだろうか。

そしてシュテイルはそもそも何を考えているのか解らない手合いだ。それでもカルドメリアの連合構想に賛意を示したのだから、ウェインに抗弁の一つや二つ――

(……うん?)

その時、ミロスラフは気づいた。

円卓にシュテイルの姿が無い。

今日、最初に集まった時は居たはずだ。いつの間にか離席したのか。会議の進展の無さに嫌気が差して帰る、といった人間でもないだろう。

そんなことを考えていると、出入り口にシュテイルが姿を現した。

「どうでした、シュテイル公」

「ええ、届きました」

カルドメリアの問いにシュテイルは微笑んで頷いた。

停滞した空気の中に生じたそのやり取りに、当然選聖侯達の注目は集まる。

「シュテイル公、届いたとは?」

「ミールタースに派遣した、私の軍からの報告ですよ」

ミロスラフの問いに対する、事も無げな返答は、それゆえにかみ砕くのに数秒の間を必要とした。

「……待て！　一体何の話だシュテイル公⁉」

「ミールタースに帝国軍が現れたという報せを受けた時に、私が頼んだのですよ」

カルドメリアが艶然と笑いながら横やりを入れた。

「方針を話し合っている間に、カバリヌが帝国の侵攻を受ければ危険です。まずは一刻も早い援軍を、とシュテイル公に軍を出してもらうよう依頼したのです」

「待ってもらいたい！　それならば、せめて私に一言あっていいのではないか！」

スキレーが声を張り上げる。彼にすら内密に、事態は進んでいたのだ。

「申し訳ありません、あまり表沙汰にすると、余計な妨害が入ったかもしれないもので」

カルドメリアの視線がチラリとウェインに向けられる。

「帝国の魔の手から西側の人民を守るためです。どうぞご了承の程を」

「し、しかし事前に連絡も無しに我が国に向かってくるなど、傍《はた》からみれば侵略も同然！　道中の国や我が軍がどう出るか」

「頂いた聖王猊下直々の書簡を渡してありますので、それを見せれば理解してくれるでしょう」

それに、とシュテイルは言った。

「それでも邪魔をしてくるのなら、構わず全て灰にしろとも伝えてありますから、問題なくミールタースに到着していますよ」

「なっ……！」

あまりにも一方的な物言いに、しかしスキレーが抱いたのは怒りではなく悍《おぞ》ましさだ。灰にしろというのは、何もカバリヌ軍だけの話ではなく、ミールタースもそうするつもりであると理解したからだ。

そしてミールタースが燃やされれば、帝国もさすがに黙ってはいられない。何がカバリヌへの援軍なものか。カルドメリアとシュテイルは、議論の結果に関係なく、初めから東西戦争を起こすつもりだったのだ。

「それで、どうですか？　シュテイル公」

「少々お待ちを」

シュテイルは皆が見つめる中、書簡を開いた。

そして中に記された内容に眼を通すこと数秒。彼は小さく笑った。

「——素晴らしい」

シュテイルの視線が、円卓の奥へと向かう。

「ここ、ここまで想定していた、いい、いいたとは、お見事です、ウ、ウェ、ウェイン王子」

全員が眼を見開き、次に席に着いたままのウェインを振り向く。

選聖侯達が見つめる中で、ウェインはにっと笑った。

◆◇◆

「……それでは、この条件で引き上げてくださいますな」

同時刻。

商業都市ミールタースの市長の館にて、コジモは第二皇子バルドロッシュと対峙《たいじ》していた。

「間違いなく履行しよう。……しかし、随分と大枚をはたいたな」

「この件につきましては、我らの身から出た錆《さび》が多分に含まれていると理解しておりますので」

ミールタースに戻ったコジモは、駐留している帝国軍の代表であるバルドロッシュとすぐさま会談に臨んだ。ミールタースの防衛への感謝と同時に、カバリヌ側を不用意に刺激せず、カバリヌ貴族軍が討伐された後、速やかに撤退してもらうよう要求するためだ。

交渉は円滑に進んだ。元より撤退するタイミングを探っていたバルドロッシュと、早期解決のための予算を用意したコジモだ。防衛への謝礼を名目にした支援を約束することで、あっさりと交渉は締結された。

「それでは私は撤退の指示を出してこよう。これを機に、お前達商人も金を追い求めるばかり、余計な恨みを買わぬよう注意するのだな」

「はっ。心に刻む次第です」

バルドロッシュは上機嫌な様子で部屋を出て行った。

それを見送ってしばらくすると、部屋についている隣室への扉が開き、ぴょこっと顔を出す人物がいた。

「終わったかしら?」

「ええ、無事にすみました」

コジモは深く頷く。彼の視線の先に居たのは、フラーニャだった。

「良かったわ。ここが拗《こじ》れていたら大変だったもの」

安堵の息を吐くフラーニャ。彼女はウェインの指示で、コジモと共に古都ルシャンからミールタースへと移動していた。

「これでお兄様の予定通りに事はすんだわね」

「ええ。さすがは王太子殿下と言わざるを得ませんな」

コジモはしみじみと言った。

「本当に驚きました。まさか、この状況で帝国とパトゥーラを巻き込むとは」

◆◇◆

潮風が頰《ほお》を撫《な》でる。

慣れ親しんだ感触と香りだ。

「やはり海に出ると、戻ってきたという感じがするな」

洋上に浮かぶ船の甲板。

そこにフェリテは立っていた。

「ルシャンはお気に召しませんでしたか？」

問いかけるのは傍らにいる補佐の少女、アピスだ。

「あれはあれで新鮮だったけどね。やはり私の故郷はこの海みたいだ」

広がる大海原に視線をやりながら、フェリテは言った。

「それより、積み荷の方は大丈夫かな？」

「はい。手配した全ての船で積み込みが完了し、無事に出航しています。しかし突然空いている船を片っ端からかき集めるなんて、無茶をしましたね」

「まったくだ。ウェイン王子は相変わらずスケールの大きな発想をする」

フェリテは笑って頷いた。

「まさか、西側にある余剰の糧食を丸ごと買い取ろうとはね」

◆◇◆

「……これはマズいですね」

ナトラ王国国境沿い。

展開されている陣の一角にある天幕の中で、ロウェルミナは唸った。

「殿下、如何されました？」

ただならぬ主の様子に、フィシュも神妙な顔になる。

するとロウェルミナはしごく真剣な顔つきで、

「……ちょっと太ったかもしれません」

フィシュは黙って踵《きびす》を返した。

「フィシュ！　待ってください！　まだ話は終わっていません！」

「私の忠誠心は終わりそうですが」

「これは真面目《まじめ》な話なんです！　いいですか、私は帝国皇女で派閥の代表！　いわば帝国最推しスーパーアイドルです！　そんな私が自己管理もできないダメ子ちゃんと知られれば、イメージが崩れて人気が落ちかねません！　一刻も早く原因を究明しなくては！」

「はあ」

露骨にどうでもよさそうにフィシュは頷いた。

「つまり殿下はそのお腹《なか》にため込まれた贅肉《ぜいにく》様に全く心当たりがないと？」

「ありません！」

「ここしばらく、どういう風に過ごされたか覚えておいでですか？」

「えーっと、どうせ見せかけの陣営ですから、近くの街に行って買い食いしたり、名物料理を出す店の食べ比べしたり、温泉のある宿に泊まってだらだらしたり」

「では私はこれで」

「フィ————シュ！」

ロウェルミナはフィシュの袖《そで》を摑んだ。

「おかしいじゃありませんか！ フィシュだってだいたい私と一緒に行動しているんですから、私がぷにればフィシュもぷにるのが道理でしょう⁉」

「あ、私はどうも栄養が胸にいく体質のようですので」

「……この体の奥から溢れる暗い気持ち！ 今、私は家臣を粛清する為政者《いせいしゃ》の気持ちを完全に理解しましたよ……！」

ロウェルミナが殺意の波動を身に纏い始めたところで、フィシュは嘆息と共に書簡を彼女の顔に突きつけた。

「今し方届いたものです。動いたようですよ、ミールタースのバルドロッシュ皇子」

「む……ようやくですか」

ぷしゅー、と気の高ぶりを虚空《こくう》へ放出しながら、ロウェルミナは書簡を見る。

「——結構。それではグリナッへに陣払いするよう指示を出してください」

「かしこまりました。……どうにか、大手を振って皇宮に帰れそうですね」

「全くです。ウェイン様々ですよ」

ロウェルミナは言った。

「パトゥーラとの国交正常化。この実績を得れば、どうにか派閥を抑えられるでしょう」

◆◇◆

西側にある糧食を買いあさる。

ミールタースの件を聞いたウェインは、真っ先にその計画を立てた。

時間を稼げばバルドロッシュは撤退するだろう。そのために会議を引っかき回す自信もある。

だが、もしも会議を無視する選聖侯がいたら？　独断で兵を送られたら？　会議は有耶無耶にされ、なし崩し的に戦争が始まるのでは？

その懸念を抱いたからこその、糧食の買い取りだ。どんな精強な軍隊も、飯がなければ動けない。まして今は秋の終わり。もうじき冬を迎える季節。どの都市や村でも、春までの食糧を貯蔵しようという時期だ。西側全土で余剰食糧は目減りしている。この余剰分さえ買い取ってしまえば、軍勢は動けなくなるとウェインは見切った。

となると次の課題は販路と資産である。しかしこれにはアテがあった。ルシャンという地理と、そこに居るミールタースの商人達だ。

ルシャンは大陸西部の中心地。西側のあらゆる国に続く整備された道を持つ。さらに大陸中央に構える商都の商人達は大陸全土に伝手《つて》があり、大量の資産もある。これらを利用できればウェインの計画は十分に成立できた。

しかしあくまでも、利用できれば、の話である。

（たとえミールタースを救うためでもあるとはいえ、商人達がそう素直に資産を放出するとは考えにくい。それに販路を利用して買い付けても、大量の食糧をどこに運んで保存する？ミールタースは戦いの真っ只中《ただなか》で、届けようがない）

そんな悩めるウェインの下に、書簡が届く。

そう、ロウェルミナからの「援護するから何か頂戴《ちょうだい》」の書簡である。

これを見てウェインの脳裏《のうり》に閃《ひらめ》きが走った。

（ロウェルミナは実績を欲しがり、フェリテは帝国との距離を埋めたがっている！　この両者の仲介をして、両国の国交を正常化できればどうなる？　ロウェルミナは実績を得る！　フェリテからは食糧を運ぶ船を借りられる！　そして国交正常化の情報は、ミールタースの商人達に売れる！）

確信と共に、ウェインはすぐさま動いた。

フラーニャとコジモに話を伝え、情報と引き換えに販路と資産を供出するよう商人の説得をさせる。

フェリテと会い、仲介する代わりに商人達が買い付けた食糧を船に積み込み、パトゥーラで一旦《いったん》保存してもらう条件を締結する。

そしてロウェルミナにはパトゥーラと仲介する約束をし、選聖会議に臨んだ。事が成就するまで、時間を稼ぐために——


「私の軍は糧食の補給が滞り、進軍は不可と判断したようです。恐らく、他のどこの国が軍を出そうとしても同じ事になるでしょう。来年になるまで軍事行動は無理ですね」

シュテイルの口調は明るく澄んでいた。ウェインの策略に嵌《は》められたというのに、むしろ喜んでいるかのようだ。

(食糧の買い占め……これが本当ならば、一時的に軍を動かせても、長期的な遠征の維持は確かに不可能だ。あるいは市井《しせい》から保存している食料を徴発するという手段もあるが——)

そこまで考えて、ミロスラフは頭を振る。連合軍がそんなことをすれば、西側には飢饉が起こり、レベティア教に対する不信と反乱の火種にもなるだろう。西側の秩序を守るために連合を組むというのに、そんなことになれば本末転倒だ。

(何ということだ……！　まさか本当にここまで予想していたというのか⁉)

ミロスラフは思わず背筋を震わせた。先ほどまで人間に見えていたウェインが、今や得体のしれない怪物に映った。

「――ふっ、はっはっは！」

突然の笑い声は、グリュエールのものだった。

彼はひとしきり笑うと指を鳴らした。控えていた従者達が台座を持って駆け寄り、グリュエールの体を台座の上に乗せて担《かつ》いだ。

「実に愉快な見世物であった。さて、帰るか」

「グ、グリュエール王⁉　まだ会議は！」

「終わったであろう。たった今。これ以上見るべきものはここには無い」

慌てるミロスラフを尻目《しりめ》に、グリュエールは悠々と会議場を出て行った。

皆が唖然《あぜん》とする中、今度はシュテイルが口を開く。

「カルドメリア殿、まだやりますか？」

「……いえ、グリュエール王の言うとおり、今回はここまでですね」

そうですか、とシュテイルは頷き、その視線がウェインへ向く。

「ウェイン王子。やはり貴方は素晴らしい。次は、私とも遊んでもらいたいものです」

「私としては平穏に過ごしたいのですが」

「つれませんね……そうだ、ならば妹君にお相手してもらいましょうか」

「……あぁ？」

ウェインの顔が不機嫌に歪《ゆが》んだ。

「ふふ、それではまたいずれ」

最後ににっこりと微笑みを浮かべて、シュテイルもまた会議場を去った。

「……私も急いで国元に帰るとしよう。とにかく混乱を治めねば」

次いでスキレーが立ち上がる。それに同調してミロスラフも席を立った。

「私も可能な限り手助けしよう」

「ありがとう、ミロスラフ王子」

終わってみれば、スキレーは結局選聖侯には就任できず、国はボロボロ。立て直しにかかる時間、費用を思えば、散々な結果といえる。あるいは、魑魅《ちみ》魍魎《もうりょう》達に好き放題にされてなお、首の皮一枚が繋がったのをよしとするべきか。なにせ前回も今回も、実際に命を落とした選聖侯がいるのだから。

「……噂に違わぬ知謀だな、貴殿は」

スキレーとミロスラフが去った後、アガタがウェインに声をかけた。

「それを見込んで、少し話がある。後ほど会おう」

アガタはそれだけ言うと会議場を出て行った。

そして残るは、ウェインと、カルドメリアと、聖王の三人。

「今回も私の負けですね、ウェイン王子」

カルドメリアが言った。

「やはり貴方こそ、私の最大の遊び相手のようです」

「……俺としては、あんたと遊びたいなんてこれっぽっちも思わないんだけどな」

「思わなくても、そうなりますよ。他の人達は次々と淘汰《とうた》され、私達が残りますから」

「へえ」

ウェインは一歩、カルドメリアに歩み寄った。

「淘汰される側になるとは思わないのか？　たとえば、今、ここで」

「やってみますか？　構いませんよ」

睨み合いは数秒。

しかしそこから衝突することはなく、ウェインは鼻を鳴らして踵を返した。

「じゃあな、二度と会わないことを祈ってるよ」

立ち去るウェインの背中に、くすくすと笑うカルドメリアの声が響いた。

「神の居ないこの世界で、人々の祈りはどこに届くのでしょうね——」

エピローグ

「ふにゃあ……」

コジモに用意されたミールタースの屋敷の一室にて、フラーニャは溶けた水飴《みずあめ》のようにくてっと机に突っ伏した。

「ルシャンからミールタースまで馬で駆け抜けて、カバリヌ軍に見つからないようミールタースに入って……とっても疲れたわ……」

「けれど目的は達成できたな」

物陰から言葉を発するのは護衛のナナキだ。

「これからどうする？　すぐにでも帰国するか？」

「そうね……せっかくだし、少しミールタースで過ごそうかしら。前回来た時も、全部を見て回ることはできなかったもの」

もちろんコジモなどが快諾してくれれば、という前提だが。

すると同じく控えていたシリジスが言った。

「ではその旨を私からウェイン王子に書簡で連絡しておきましょう」

「ありがとう、シリジス」

フラーニャは言った。

「今回の件では随分と助けられたわ。貴方を招いたことは正解だったわね」

「もったいないお言葉」

恭《うや》しく《うや》一礼するシリジスに、フラーニャは微笑《ほほえ》む。

「そうそう、あれもびっくりしたわ。——まさかお兄様と同じアイデアを出すだなんて」

ミールタースの販路と資産で以《もっ》て西側諸国の食糧を買いあさり、軍事行動を阻害すべし。ルシャンにて、フラーニャとコジモにシリジスはそう提案した。

これだけでも驚いたが、その後にウェインから今後の方針を説明された時、兄はシリジスと同じ計画を語ったことに、さらに驚かされた。

もちろん二人が事前に話し合っていたのではない。ウェインとシリジスは互いに知恵を振り絞り、同じ結論へ至ったのである。

「……私のそれは、パトゥーラとロウェルミナ皇女への介入が足りておりませんでした。これがなければ、恐らくは成功しなかったでしょう。大陸全土まで計画の視野を広げていたウェイン殿下とは、比べるべくもありません」

「それでもやっぱり貴方の補佐が私には必要と痛感したわ。これからもよろしくお願いするわね、シリジス」

「はっ……微力を尽くします」

シリジスはそう言うと、書簡を作成するため部屋を出て行く。

部屋に残ったフラーニャは、ふと、ナナキが扉の向こうへ消えたシリジスを眼で追っていることに気がついた。

「ナナキ、まだシリジスは信用できない？」

「信用する理由がない」

「むう……」

フラーニャは唇を尖《とが》らせる。

そんな彼女にナナキは淡々と言った。

「だが、俺《おれ》にできない役目であることも事実だ。それに、邪魔になれば始末すればいいしな」

「もう、そんなこと言って。駄目よ、仲良くしないと」

ぷりぷりと怒るフラーニャを横目に、ナナキはジッと扉の向こうへ消えたシリジスを見つめていた。

人気の無い廊下を、シリジスは歩く。

（国に捨てられ、信仰に裏切られ、もはや日の目を見ることはないはずの我が身は、しかし何の因果か仇敵《きゅうてき》の妹に拾い上げられた……）

余人には、シリジスがウェインへの憎しみを募らせ、寝首を掻《か》く機会を窺《うかが》っているように思えるだろう。

そして実のところ、それは概《おおむ》ね正しい。

（神は居るのか。居たとすれば私に何をせよと言っているのか。もう、私には解《わか》らない）

ならば、と思う。

ならば己《おのれ》の心のままに動こうと。

「……優れたる王族は二人。されど、王位に就ける者は一人」

その眼差《まなざ》しは西へ向く。その先にあるルシャン、ウェインへと。

「たとえ望まれずとも、私は私をすくい上げた未熟なる王女を王位へと導く。それが私の心にある意趣返しだ。まさか、卑怯《ひきょう》とは言うまいな、ウェイン・サレマ・アルバレストよ――」

◆◇◆

大型の馬車が街道を進んで行く。

中に居るのは岩のごとき巨大な体軀《たいく》の人間、ソルジェスト王国国王グリュエールだ。

「何を塞《ふさ》ぎ込《こ》んでおる、トルチェイラよ」

グリュエールの対面には、比べると小石のように小さな少女、トルチェイラが座っていた。

ただし彼の言う通り、窓の外を見やる彼女の横顔はどこか硬い。

そんな娘に向かってグリュエールは言った。

「当ててやろう、トルチェイラ。格下と侮《あなど》っていたナトラの王女に先んじられたと感じて、焦《あせ》っておるのだろう？」

「っ……！」

トルチェイラの顔に動揺が走った。

それを愉快そうに見つめながらグリュエールは続ける。

「去年のミールタースの一件だけならば、天運に恵まれたと片付けることもできよう。しかしあの王女はシリジスという補佐を自らつかみ取り、今回も役目を果たした。おお、随分と水をあけられたなトルチェイラよ」

「……」

「だが案ずるな。そなたは私の可愛《かわい》い娘だ。たとえ惨めな負け犬になったとても、責めはせぬ。折れた心を慰めることに長《た》けた、心優しい嫁ぎ先を用意して」

「父上」

トルチェイラの眼差しに、烈火のごとき怒りが宿った。

「それ以上の愚弄は、たとえ父上といえど許さぬ」

「許さぬのならば、どうするというのだ。力なき小娘よ」

激情を真正面から受け止めて、グリュエールは言った。

「いかなる怒りも哀《かな》しみも、流れる時を止めることはできぬ。掴《つか》み取《と》りたいと願うのならば、誰《だれ》よりも先に手を伸ばす他に無いのだ。さあどうするトルチェイラ、そなたの内にいる獣を、まだ眠らせたままでいるつもりか？」

「……これは困ったのう」

そう呟《つぶや》いたトルチェイラの口元には、笑みが。

「今、妾《わらわ》がやりたいことは何か、そのためにすべきことは何か、自分に問いかけた」

トルチェイラは真《ま》っ直《す》ぐにグリュエールを見た。

「ああ、驚くべきことじゃ。あの時の言葉が、妾の打倒すべき最大の敵が、本当になるとは。——敬愛する父上よ、どうやら妾の欲望にとって、貴方は邪魔のようじゃ」

するとグリュエールもまた笑った。

「哀しいか？　トルチェイラ」

「いいえ父上、これ以上無いほど滾《たぎ》っております」

「素晴らしい」

グリュエールは本心からの喜びを露《あら》わにし、言った。

「ならば私もあの時の言葉を返そう。私はこれよりそなたの試練となる。自らの欲のため、願いのため、いつでも私に挑んでくるがいい——」

◆◇◆

「それでフェリテ様、あの大量の糧食は如何《いかが》する予定です?」

パトゥーラ諸島。

かつてウェインが捕らえられ、今は行政の中核となっているその砦《とりで》にて、アピスはフェリテに問いかけた。

「何とか入りきりましたが、空いていた倉庫が全《すべ》て一杯です。これでは他の積み荷が入りません。早急にどうにかして欲しいと苦情も入っています」

「なに、心配しなくてもすぐにミールタースに送ることになるよ」

フェリテは笑って応《こた》えた。しかしアピスは不審そうだ。

「大丈夫でしょうか。こんなに大量にもなると、受け取り拒否されそうな」

「それは無いよ。この冬、西側では各地で飢饉《ききん》が発生するだろうからね。需要は一気に高まる」

「飢饉が? なぜ……いえ、なるほど、売りすぎたのですね?」

フェリテは頷《うなず》いた。

「食糧を売れば備蓄は減る。当たり前のことだけど、金貨の魔力を前にすると、忘れてしまいがちなものさ。多くの村や都市で、必要最低限の食糧までも売ってしまって困窮する人が出てくるだろう」

　これにアピスは渋い顔になる。

「……食糧を買いあさって人為的に飢饉を発生させ、高値で売りつける、と人々の目には映りますね。ミールタースはまたもや恨みを買うでしょう」

「だからミールタースの方から打診があってね、この食糧、安くパトゥーラ《うち》に卸してもいいって言われてるんだ」

　フェリテは苦笑した。

「こっちからも西側に食糧を放出してもらった方が、民の怒りは分散するだろうからね」

「なるほど、道理です。それならば発生する飢饉の規模と、必要となりそうな量を計算して、どれほど買い付けるか決めねばなりませんね」

　その時だ。二人の居る部屋に伝令がやってきた。

「失礼します。フェリテ様、ただいま船で使者が到着されました。フェリテ様に謁見を願い出ています」

「使者？　アピス」

「……今日の予定には入っておりませんね」

　突然の来訪者。ふむ、とフェリテは興味のままに問いかける。

「要件などは言っていたか？」

「それが……ミールタースより輸入された食糧を買い取りたいと」

フェリテとアピスの表情がにわかに険しくなる。

こちらに食糧がある。だから欲しい。そこまでは良い。

問題は、あまりにも動きが速すぎることだ。

「……その使者の所属は？」

問いに、伝令は恐る恐る答えた。

「東レベティア教、と――」

◆◇◆

薄暗い謁見の間に足音が響く。

寒々しいその音を奏《かな》でるのは、福音局局長カルドメリア。

「猊下《げいか》、後始末の方は万事片付きました」

彼女が傅《かしず》くのは、玉座に腰掛ける聖王シルヴェリオ。されどカルドメリアを前にしても、なんら物言わぬその姿は、骸《むくろ》なのかとさえ思わせる。

「ティグリスの死で、ベランシア王国は多少荒れるでしょうが、これも問題ありません。むしろ愛すべき弟君が消えたことで、あの国王もようやくやる気をだすでしょう。後はナトラ王国ですが――」

滔々《とうとう》と報告を続けていたところで、ふと、カルドメリアは背後に気配を感じた。

振り向くと、僅《わず》かな明かりの中に人の輪郭が浮かんでいる。さらにその手元には、赤い液体が滴《したた》る剣先が見えた。

「足取りを、調べた」

嗄《か》れた声と共に、その人影は一歩踏み出した。

それはティグリスの従者、フシュトだった。

「廃屋にいた四人目。その痕跡を見つけて、辿《たど》った。着いたのは、ここ、聖王庁だ」

フシュトは持っていた剣をカルドメリアに突きつけた。

「弁明があるなら、聞こう」

静かな口調でありながら、フシュトの顔は鬼気迫っていた。焼け付くような殺意の奔流は、思わず息を呑《の》む凄《すご》みがあった。

だというのに、

「よく頑張りましたね」

カルドメリアは、聖母のように微笑んだ。

「貴方の思うとおり、ティグリスの暗殺を指示したのは私です。アガタでも良かったのですけれど、ティグリスを優先するよう言っておきました。彼にはここで退場してもらった方が、今後も面白《おもしろ》くなりそうだったので」

「………」

命を命と思っていない、まるで遊びの道具のように語るカルドメリア。

その様に、しかしフシュトの剣先は乱れなかった。もはや怒りという感情はとっくに凍り付き、永遠に溶けない殺意へと変じていた。

「けれどいけませんよ、こんなところに押しかけては。たとえ私を殺せても、貴方も死んでしまいます。自分の命を無意味に投げうってはいけません。生きていればきっと良いことがあるのですから」

「……私のような下々の者にそこまでの気遣い、痛み入る」

フシュトは言った。

「されど、主君をむざむざ死なせた私に、もはや帰る場所などない。貴様を道連れにして、その首を冥府《めいふ》のティグリス様に献上しよう――！」

フシュトが床を蹴《け》った。

漲《みなぎ》る殺意が疲弊した彼の肉体を研ぎ澄まし、疾風《しっぷう》のごとくカルドメリアに肉薄させる。

そして握りしめられた鈍《にび》色の剣が、吸い込まれるように仇敵の喉元《のどもと》に迫り、
フシュトの半身が、両断された。

「あっ――――？」

血と臓腑《ぞうふ》をまき散らしながら、フシュトは滑るように床に倒れた。

何が起きたのか。答えを求める眼が映すのは、いつの間にかカルドメリアの傍《そば》に立っていた、小柄なる人影。

「聖王……シルヴェリオ……」

シルヴェリオの手には杖《つえ》が握られていた。いや、正確には杖の形をした鞘《さや》が。そしてもう片方の手には、薄明かりに浮かぶ白刃が握られていた。

（ま、さか……）

薄れていく意識の中、フシュトはある話を思い出した。

それは聖王シルヴェリオの功績の一つ。彼は賊の籠《こ》もる砦に単身で向かい、見事説得して開門させて見せたという逸話。だが実際には、シルヴェリオは賊を説得したのではなく、その全員を切り伏せたのだという、与太《よた》話を。

（最後まで、失態を……申し訳ございません、ティグリス様……）

亡き主君への謝罪と共に、フシュトの意識は、永遠に消え去った。

「……残念でしたね」

血で汚れることも厭《いと》わず、死んだフシュトの傍に膝《ひざ》をつき、カルドメリアは彼の目をそっと閉じた。その仕草には、死者に対する紛《まぎ》れもない哀悼の意が込められていた。

「生きてさえいれば、もっと面白い遊びができたでしょうに……」

その彼女の横で、シルヴェリオは音もなく剣を鞘に戻した。そして杖となった剣にもたれるようにしながら、彼は言った。

「メリアよ」

呼びかけに、カルドメリアは即座に向き直った。

「何でしょうか、猊下」

「あのナトラの王子の傍に、フラム人の娘がいるな」

「はい。ウェイン殿下の寵愛《ちょうあい》を受けていると聞く娘ですね」

「その者の素性を検《あらた》めよ」

シルヴェリオは言った。

「あの娘には何かある。我が身に流れる業が、そう囁《ささや》くのだ……」

「かしこまりました」

カルドメリアは疑問も否定《ひてい》も口にすることはなかった。

シルヴェリオがそうせよと言うのであれば、そうするのだ。

それが彼と自分の関係なのだから。

「万事お任せ下さい。全ては、猊下の仰せの通りに――」

◆◇◆

「ウェイン、帰国の準備も無事に終わったわ。明日にも出発できるわよ」

「おーっし。ようやくおさらばできるぜ」

用意された屋敷の一室。

そこでウェインとニニムは一息吐いていた。

「どうにか無事にすんだけど、つくづく、とんでもない騒動だったわね」

「本当にな。マジで俺、呪われてるのかもしれん。帰ったら教会行って聖水引《ひ》っ被《かぶ》るわ」

「呪う相手に心当たりは？」

「ありすぎて解らない」

まあそうよね、とニニムは苦笑した。

「はあああぁ……仕方ないとはいえ帝国とパトゥーラの仲介することになっちゃったし、貿易先どうすっかな……帝国の商品売れなくなるよなあ……」

「貿易先ね。選聖侯に誰か仲良くなれそうな人とかいなかったの？」

「居たけど死んだ」

「ティグリス卿《きょう》以外で」

「いな……ああいや、一人居るかもしれないな」

ウェインがそう言った時、部屋の扉が叩《たた》かれて従者が顔を出した。

「で、殿下。殿下にお目に掛かりたいとお客様が」

「誰だ？」

慌てた様子の従者に問い返すと彼は言った。

「選聖侯のアガタ様です」

「……解った、通せ」

ウェインの指示で、従者はすぐさまアガタを連れてきた。

「急に押しかけてすまぬな、ウェイン王子」

「なに、共にカルドメリアに嵌《は》められた者同士だ。これぐらい何でもないさ」

現れたアガタに気軽に応じながらウェインは言った。

「それで、円卓の時にも言ってたが、俺に話があるって？」

「いかにもそうだ」

アガタは頷いた。

「私がウルベス連合という都市国家の集まりの代表であることは、知っているだろう。そして実はこの連合は、崩壊の危機を迎えている」

「それはまた……どうしてそんなことに」

「一言では説明しきれん。だが、この崩壊を私はチャンスであるとも考えている」

アガタは一歩踏み込み、ウェインに告げた。

「連合の崩壊に乗じて、都市を纏《まと》め上げて一つの国家に統一する計画がある。ウェイン王子、これに貴殿の力を貸してもらいたい――」


かくして、長い長い選聖会議は終わりを告げた。

ティグリスの死。カバリヌの騒乱。多くの出来事が起きた中、何一つとして成果を生み出さなかった会議であると、人々には語られる。

しかし後世の歴史家は知る。この会議を境に、騒乱の種子が芽生えを迎えたことを。

そしてその中心に、ウェイン王子の姿があることを――

あとがき

皆様お久しぶりです、鳥羽徹です。

この度は「天才王子の赤字国家再生術8～そうだ、売国しよう～」を手に取って頂き、誠にありがとうございます。

今作のテーマはズバリ「再戦2」！　前回の7巻は帝国との再戦がテーマだったわけですが、今回は三巻以来の選聖会議が開催され、西側を牛耳る選聖侯と鎬を削る内容となっております。三巻ではほとんど部外者扱いだったウェインが、選聖会議に本格的に参加する立場に至り、選聖侯達とどのように戦うのか、是非ともご覧になってください。

そういえばあとがきを書いている頃はもうすっかり秋で、この本が発売する頃には冬も見えてきているかと思います。思えば世界的に激動の一年でしたが、来年はもう少し穏やかになると良いですね。そうなるよう、今からお祈りしておきます。

まあ仮にそうなっても私は相変わらず締め切りに追われていそうですが……。

そしてここからは恒例の謝辞を。

担当の小原様。いつもご迷惑をおかけしています。今回は余裕をもったスケジュール進行をしようとしたはずが、結局毎度のごとく締め切りギリギリになってしまい、申し訳ないです。おかしい……こんなはずでは……。

イラストレーターのファルまろ先生。今回も素敵なイラストをありがとうございます。特にこの巻は重要な登場人物が多く、口絵の登場人数がすごいことに。キャラデザインも含めて無茶を聞いて頂いて、本当にありがとうございます。

読者の皆様にも感謝を。八巻ともなれば長期シリーズと言って差し支えない長さですが、ここまで至れたのはもちろん、今後も続けられそうなのも間違いなく読者の皆様の応援があってのことです。これからもよろしくお願いします。

また、スマホアプリのマンガUP！様にて、えむだ先生が手がけるコミカライズが好評連載中ですが、そのコミカライズ二巻が今巻と同月に発売する予定です。こちらも是非手に取って頂ければと！

さて次の九巻ですが、恐らく連続して西側の話になるかと思います。

今回登場した選聖侯達を掘り下げつつ、新たな物語を紡ぐ……そんな感じになればいいなと考えております。もちろん考えているだけで、確定したわけではありませんが！

ともあれ、次回も読者の皆様を驚かすようなお話を用意すべく頑張らせて頂きます。

それではまた、次の巻でお会いしましょう。

ファンレター、作品の
ご感想をお待ちしています

〈あて先〉

〒106－0032
東京都港区六本木2－4－5
SBクリエイティブ（株）
GA文庫編集部 気付

「鳥羽　徹先生」係
「ファルまろ先生」係

本書に関するご意見・ご感想は
右のQRコードよりお寄せください。

※アクセスの際や登録時に発生する通信費等はご負担ください。

https://ga.sbcr.jp/

天才王子の赤字国家再生術8
～そうだ、売国しよう～

発　行　　2020年11月30日　初版第一刷発行
2021年9月30日　第二刷発行

著　者　　鳥羽　徹

発行人　　小川　淳

発行所　　SBクリエイティブ株式会社
〒106-0032
東京都港区六本木2-4-5
電話　03-5549-1201
03-5549-1167（編集）

装　丁　　冨山高延（伸童舎）

印刷・製本　中央精版印刷株式会社

ISBN978-4-8156-0888-0
Printed in Japan
GA 文庫

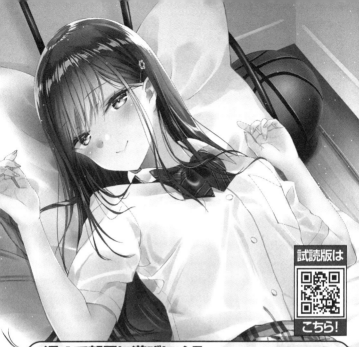